Echec et Tag à Clohars Carnoët

Aux Éditions Alain Bargain

Dans la collection
ENQUÊTES ET SUSPENSE :

Yves Horeau
- Une retraite pas très spirituelle *(épuisé)*

Jérôme Lucereau
- Anévrisme *(épuisé)*
- Chef-d'œuvre meurtrier à Lorient *(épuisé)*
- L'affaire Callac *(épuisé)*

Jean-Luc Le Pache
- Bréhat-culpa *(épuisé)*

Michel Renouard
- La Java des voyous *(épuisé)*
- Les castrats de Bombay *(épuisé)*
- Requiem sur le campus *(épuisé)*
- Le bouillon de minuit *(épuisé)*
- La farine du Diable *(épuisé)*
- La Vénus de Malifeu *(épuisé)*

Luc Calvez
- Le fils du Tigre *(épuisé)*
- Les Graffeurs du Ponant

Philippe Lepeuple
- Samba ni loi en pays nantais
- Poulets de Brest *La mauvaise farce* *(épuisé)*

René Le Clech
- Baston chez les voileux *(épuisé)*

Jean-Christophe Pinpin
- Qui voit Groix voit sa croix
- Qui voit Sein voit sa fin *(épuisé)*
- Qui voit Ouessant voit son sang
- Qui voit Belle-Ile voit son île *(épuisé)*
- Qui voit Molène voit sa peine
- Toulouse au bout du siècle *(épuisé)*
- Traque à Hoëdic *(épuisé)*

Aux Éditions Alain Bargain

Dans la collection ***POL'ART :***

Serge Le Gall
- Sombre dessein à Pont-Aven
- Meurtres du côté de chez Proust
- Eaux-fortes à Sainte-Marine
- Ciel rouge au Pouldu

Loïc Gourvennec
- Le râle du basson

Yves Horeau
- Monsieur Butterfly *(épuisé)*

Renée Bonneau
- Nature morte à Giverny *(épuisé)*
- Séquence fatale à Dinard *(épuisé)*
- Sanguine sur la Butte *(épuisé)*

Stéphane Jaffrézic
- Toiles de fond à Concarneau
- Le Rubis de Châteauneuf-du-Faou

Cet ouvrage de pure fiction n'a d'autre ambition que de distraire le lecteur. Les événements relatés ainsi que les propos, les sentiments et les comportements des divers protagonistes n'ont aucun lien, ni de près ni de loin, avec la réalité et ont été imaginés de toutes pièces pour les besoins de l'intrigue. Toute ressemblance avec des personnes ou des situations existant ou ayant existé serait pure coïncidence.

Firmin LE BOURHIS

Echec et Tag à Clohars Carnoët

Collection

ENQUÊTES & SUSPENSE

Quadri Signe - Éditions Alain Bargain
125, Vieille Route de Rosporden - 29000 Quimper
E-mail : editions.alain.bargain@wanadoo.fr
Site Internet : http://pagesperso-orange.fr/editions.bargain

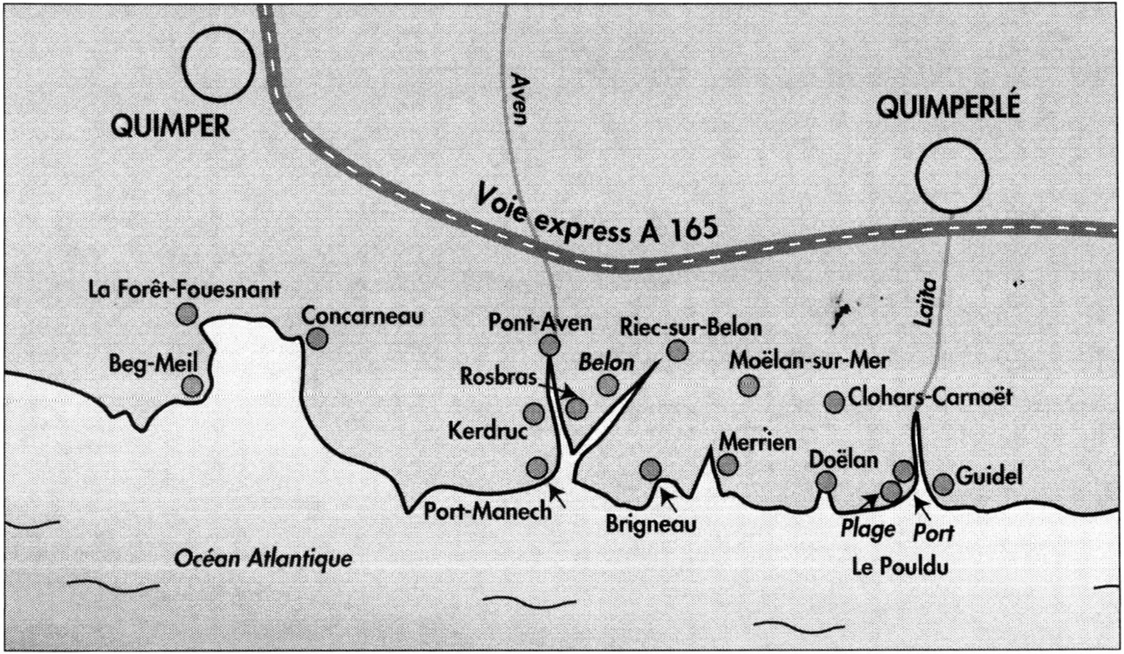
QUIMPER
QUIMPERLÉ
Aven
Voie express A 165
Laita
La Forêt-Fouesnant
Concarneau
Beg-Meil
Pont-Aven
Riec-sur-Belon
Belon
Rosbras
Kerdruc
Moëlan-sur-Mer
Clohars-Carnoët
Merrien
Doëlan
Guidel
Port-Manech
Brigneau
Plage
Port
Le Pouldu
Océan Atlantique

Ainsi que pour les individus,
Nul ne fait du mal à autrui
Sans s'en faire à soi-même.
Ainsi pour les sociétés,
Celle qui opprime, qui en dégrade une autre,
Se condamne elle-même à la souffrance.
Les victimes d'hier sont les bourreaux de demain.

Victor Schoelcher.

REMERCIEMENTS

- À Pascal Vacher, officier de police judiciaire, pour ses conseils juridiques, techniques et de procédure.
- À Patrick, comme toujours, présent à mes côtés.
- À Mikaël Barzic pour sa connaissance et ses informations sur le tag, le graff.
- À la compagnie de Gendarmerie de Quimperlé et à la brigade de Gendarmerie de Moëlan-sur-Mer.
- À l'Office de Tourisme du Pouldu à Clohars-Carnoët et à celui de Moëlan-sur-Mer.
- À Bernard Morvan, le très sympathique libraire de la Maison de la Presse de Clohars-Carnoët.
- Et à tous ceux qui, parfois même sans le savoir, m'ont apporté une information, un renseignement que j'ai pu utiliser…

I

Commissariat de Police de Quimper, lundi 3 mai.

Le lieutenant Phil Bozzi aimait toujours venir en avance au travail. Il commençait ainsi la journée en parcourant la presse quotidienne, surtout un lendemain de week-end. Il s'accordait ce temps de lecture en prenant un café. Ce matin, il se sentait détendu après avoir passé deux jours printaniers en famille, sans dérangement professionnel intempestif.

Le journal ne lui apporta rien qui l'interpellât vraiment, tout au moins dans les gros titres. La télévision avait évoqué, sous tous les angles, les grands sujets : notamment l'arrivée de dix nouveaux pays dans l'Europe des quinze, ce samedi Premier mai, avec une intervention du président de la République. Le nouveau gouvernement de l'Espagne resserrait les liens avec la France et l'Allemagne, l'attentat du 11 mars précédent ayant provoqué la chute du parti d'Aznar. Le monde entier, pourtant, l'annonçait gagnant, quelques jours encore avant cet attentat de Madrid.

En page nationale, les imams intégristes en ligne

de mire, un cimetière israélite profané en Alsace. Des croix gammées et celtiques tracées sur cent vingt-sept des quatre cents pierres tombales du cimetière israélite de Herrlisheim dans le Haut-Rhin. Phil prit le temps de lire l'article. Ces actions pronazies et antisémites l'indignaient toujours. La date du 30 avril 1945, considérée comme celle du suicide d'Adolf Hitler, et celle du 30 avril 2004 avaient été taguées dans le cimetière. Puis il s'attarda sur les "coups de gueule" de son ancien grand patron, "Sarko". Celui-ci fustigeait le parti socialiste au parlement et, à chaque occasion, semblait particulièrement décidé à pratiquer l'escalade des mots, avant sa conférence de presse annoncée dans la semaine à Bercy devant trois cent cinquante journalistes. Depuis "la vague rose" des élections cantonales et régionales de mars, l'opposition se mobilisait en vue des européennes.

Côté sport, la finale de la coupe de France de football verrait Châteauroux s'opposer au PSG au stade de France à la fin du mois. Phil ne put s'empêcher de penser à l'enquête qui l'avait emmené dans le Berry à la poursuite de Théo.* Le lieutenant Phil Bozzi s'attaqua ensuite à la kyrielle de faits divers locaux. Bref, rien de bien nouveau sous le soleil, pensa-t-il, au moment où son collègue, le capitaine François Le Duigou, fit son apparition. Les traditionnels échanges de banalités effectués, ils se rendirent chez le

*Lire *Étape à Plouay*, même collection, même auteur.

patron, le commissaire Yann Le Godarec. Rien d'exceptionnel ne s'était passé durant ce week-end du Premier mai, plutôt calme dans l'ensemble. Il est vrai qu'en dehors des manifestations habituelles prévues à cette occasion, il n'offrait pas de jour supplémentaire de repos pour ceux qui ne travaillaient pas habituellement le samedi. Les affaires en cours passées en revue, Phil et François rejoignirent leur poste de travail.

Un homme et une femme attendaient, assis sur les chaises placées dans le couloir près de leur bureau. Le gardien de la paix de l'accueil se tenait debout près d'eux et s'adressa au capitaine Le Duigou :

— Ce couple vient déclarer la disparition de leur fils. Pouvez-vous le recevoir ?

Le visage de la femme, marqué par la fatigue et l'angoisse, ne cachait pas l'inquiétude qui devait la tenailler. L'homme paraissait plus serein. Proches de la cinquantaine, très correctement vêtues, les deux personnes ne se distinguaient pas particulièrement de celles que nous pouvons croiser dans la rue, sans les remarquer vraiment, tant elles se fondent dans cette masse des anonymes dont nous faisons partie.

Dans un silence pesant, le couple occupa les deux sièges disposés face au bureau de François.

Avant de se remettre à son poste, Phil resta quelques instants debout derrière François pour prendre connaissance des premiers éléments de la déclaration.

— Veuillez m'expliquer ce qui vous amène, entreprit François, posant un bloc pour prendre les premières notes avant d'envisager la saisie informatique.

L'homme se tourna vers la femme qui se concentra pour tenter de parler calmement, cachant mal une certaine nervosité.

— Voilà... Notre fils, Erwan, a quitté le lycée vendredi après-midi, après ses cours, vers seize heures. Il nous a appelés. En notre absence, il a laissé un message sur le répondeur nous informant qu'il rentrerait le lendemain car il allait rejoindre un ami, sans nous préciser son nom. Depuis, nous n'avons aucune nouvelle de lui.

— Vous a-t-il appelés d'un portable ?

— Non. D'une cabine. Nous achetons régulièrement une carte à Erwan, ce procédé est moins onéreux et il est moins tenté de téléphoner sans raison. Mais il ne s'en plaint pas. Notre fils est très raisonnable.

— Est-ce dans ses habitudes de s'absenter longuement ou de ne pas donner de ses nouvelles quand il ne rentre pas ?

— Pas du tout, au contraire, il ne part jamais sans m'en demander l'autorisation, sans me dire où il va, avec qui, pour combien de temps...

— Depuis vendredi après-midi me dites-vous ? Pourquoi avez-vous attendu tout ce temps avant de venir nous voir ?

— C'est-à-dire que... samedi, c'était le Premier mai. Nous sommes partis le matin, de bonne heure, pour rejoindre des amis du syndicat pour le défilé dans la ville de Quimper. Je travaille à la Poste et mon mari à EDF. Nous ne sommes rentrés que très tard dans la soirée, pensant trouver Erwan à la maison. Mais, rien... personne, pas d'appel ni de signe de vie. Toute la journée de dimanche, nous avons commencé à faire le tour de ses copains de classe, des jeunes qu'il fréquente, de ses amis, de la famille du côté de mon premier époux...

— Vous venez de parler de votre premier époux. Quelle est votre situation matrimoniale actuelle, Madame ?

— Je suis veuve, mon premier mari s'est tué au volant de son camion sur une route d'Espagne. Cela fait tout juste quinze ans... ce Premier mai. C'était le père d'Erwan. Je me suis remariée il y a dix ans et nous avons deux enfants, deux filles de huit et six ans. Mais nous nous entendons tous très bien. Il n'y a jamais eu le moindre problème. D'ailleurs, Erwan a toujours considéré Jean-Jacques, mon mari – elle se tourna vers l'homme assis à ses côtés qui approuvait de la tête tous les dires de son épouse – comme son père à part entière.

— Erwan est un jeune homme très agréable, sans histoire et très doué en plus... précisa l'homme pour justifier sa présence et les propos tenus.

— Bien, reprit François. Vous savez que les quarante-huit premières heures sont très souvent déterminantes. La rapidité et la qualité des informations données influent largement sur les chances de retrouver vivante et en bonne santé une personne disparue.

Sur ces mots, la femme éclata en sanglots. François s'efforça aussitôt de la rassurer.

— Chaque année, la police et la gendarmerie reçoivent des signalements de disparition pour quarante mille personnes environ. Ce sont, pour la plupart, des récidives de fugue. Dans une très grande majorité, celles-ci se concluent par un dénouement heureux. Nous sommes conscients qu'il s'agit toujours au départ, pour les familles touchées, d'un événement douloureux et nous abordons systématiquement chaque cas avec la plus grande attention, car même une disparition semblant a priori banale peut parfois aboutir à un drame.

Considérant ce dossier comme grave, Phil sortit alors de sa réserve et proposa de prendre note de toutes les informations. Dans un premier temps, il pensait se contenter d'inscrire une synthèse des informations recueillies sur la main courante mais opta rapidement pour une audition détaillée et l'établissement d'un procès-verbal.

— Nous allons recueillir les renseignements nécessaires afin de diligenter une procédure administrative de recherche pour disparition inquiétante qui sera placée sous l'autorité du procureur de la République. De cette façon, il impliquera aussi la gendarmerie, précisa-t-il.

Phil s'installa devant son micro-ordinateur tandis

que François dirigeait les questions. L'état civil du jeune homme et celui de la famille enregistrés, François passa au signalement du jeune disparu qui allait avoir dix-huit ans prochainement. Il se présentait au bac à la fin de l'année scolaire. Bon élève, studieux, il montrait d'indéniables dispositions pour les arts graphiques et envisageait de poursuivre ses études dans ce domaine. Il se déplaçait généralement avec un scooter qu'il possédait depuis bientôt deux ans, un sac à dos Oxbow en bandoulière. Phil nota précisément le nom du lycée de Quimper fréquenté par Erwan ainsi que celui de ses professeurs. Il devait être vêtu d'une parka de marque, d'un pantalon Carhartt bleu et portait des chaussures gris bleu, des Vans. Comme beaucoup de jeunes, il avait superposé deux tee-shirts, l'un à manches longues et l'autre à manches courtes. Les cheveux ras, dans le style "décoiffé" actuel, il arborait un piercing sur l'arcade sourcilière droite. Sa photo d'identité ainsi qu'une photo en pied furent scannées dans la fiche signalétique et dans le procès-verbal. L'entretien permit de mieux cerner le disparu, sa famille et ses relations, les circonstances de sa disparition.

Ces renseignements recueillis, aucun élément ne laissait présumer que la disparition soit d'origine criminelle ou délictuelle. Si tel devait être le cas, dans les heures ou les jours à venir, le cadre de l'enquête administrative laisserait la place au cadre judiciaire.

La femme rajouta :

— Erwan n'a jamais fugué ni raté l'école. Nous avons espéré son retour jusqu'à l'heure de la reprise des cours. Nous nous sommes rendus ce matin au lycée, à son premier cours… Il n'était pas là. Nous avons rencontré ensuite le proviseur. Il aime l'école, vous savez. Et son bac, il veut vraiment l'avoir, contrairement à beaucoup de jeunes. Nous n'avons même pas besoin de le pousser, il se met la pression tout seul. C'est un gentil garçon sans histoire. Il ne fume pas, n'a pas de mauvaises fréquentations. Non, vraiment, il s'est sûrement passé quelque chose de grave…

— Avez-vous appelé les hôpitaux de la région ?

— Oui, tous, dans un rayon de quarante kilomètres, rien…

— Nous allons reprendre de façon méthodique toutes les recherches et inscrire Erwan immédiatement au FPR, le fichier des personnes recherchées, et transmettre les informations à l'Office Central des Disparitions Inquiétantes. Nous resterons ensuite en liaison étroite avec vous. Voici mon numéro de téléphone mobile ainsi que celui du lieutenant. Vous devrez nous avertir immédiatement de toute nouvelle information, quelle que soit l'heure du jour ou de la nuit. Nous devons pouvoir vous joindre à tout moment et vous invitons à prendre vos dispositions pour libérer une ligne téléphonique.

— Nous allons acheter un nouveau téléphone portable afin que personne d'autre que vous et nous ne l'utilise, car nous ne pouvons empêcher nos amis de nous appeler…

— C'est très bien de procéder ainsi.

Lors du premier contact, la femme avait paru visiblement sous le coup du choc, elle semblait à présent soulagée. La prise en compte de son état émotionnel, le climat de confiance établi par François et Phil dans ce bureau assurant la confidentialité de l'entretien rassurèrent partiellement le couple.

Phil rajouta quelques recommandations :

— Votre déclaration ne vous dispense pas de procéder vous-mêmes à des recherches…

— Oui, c'est ce que nous pensions faire avec les jeunes du lycée. Et nos voisins doivent contacter l'association qui soutient les parents d'enfants disparus.

— Très bien. Nous vous suggérons de ne rien communiquer aux médias sans nous avoir consultés au préalable. D'autre part, pour tout appel lié à cette disparition, nous vous demandons d'en noter l'heure, la durée et si possible l'origine. Si toutefois vous deviez recevoir un courrier, ne le touchez pas après la première personne qui l'aura ouvert et mettez-le avec son enveloppe, sous protection dans un dossier en notant l'identité de celui qui l'a manipulé.

— Parce que vous croyez à un enlèvement ?

— Non. En l'état actuel nous ne pouvons privilégier aucune thèse, pas plus celle de l'enlèvement que de la fugue ou de la disparition volontaire… Il va sans dire qu'en cas de retour d'Erwan à votre domicile ou au lycée, vous devez impérativement nous le signaler.

— Bien entendu.

— Ah, une dernière chose avant de nous séparer : si la disparition devait se prolonger, si des personnes venaient vous proposer une collaboration en vue de retrouver Erwan, voyants, radiesthésistes, détectives, avisez-nous-en aussitôt... Malheureusement, dans de telles circonstances, de nombreux profiteurs rôdent...

— D'accord, répondit la femme, songeuse.

— Pouvons-nous nous rendre, en fin de matinée, dans le lieu de vie habituel d'Erwan ?

— Bien sûr, nous allons rentrer. Nous avons pris une journée de congé que nous renouvellerons si nécessaire... Nous comptons sur vous. Retrouvez-le, notre petit Erwan... nous vous en supplions, lança la femme en proie à une nouvelle crise d'angoisse et de sanglots.

François raccompagna le couple tandis que Phil restait songeur devant son écran informatique en relisant le procès-verbal.

En revenant à son bureau, la porte à peine refermée, François demanda à Phil :

— Qu'en penses-tu ?

— Je ne serais pas surpris qu'on le retrouve sur la route menant au lieu de l'accident de son père biologique. Sorte de pèlerinage, d'autant que la disparition correspond à une date anniversaire...

— C'est ce que tu as perçu ? Moi j'ai tout de suite pensé à une fugue avec un copain ou une copine et, le bonheur aidant, il a joué les prolongations…

— En tous les cas, le couple a l'air très bien. Au vu des vêtements de marque et du scooter, le gamin ne paraît pas maltraité.

— Non, effectivement, mais méfions-nous des apparences. En nous rendant chez lui et en visitant sa chambre, nous nous rendrons mieux compte de la situation. Ensuite, nous irons au lycée…

Le temps de relire le procès-verbal et de rencontrer leur patron pour lui communiquer la déclaration, ils se dirigèrent vers le parking pour prendre leur véhicule de service.

II

Le couple habitait une maison d'une quinzaine d'années, dans un petit lotissement de Penhars dominant la ville. L'homme vint leur ouvrir la porte et les fit entrer.

Dans la salle à manger, plusieurs personnes discutaient. Le silence s'installa à leur arrivée. La femme expliqua qu'ils préparaient une affiche avec des amis et une association. Un homme se détacha du groupe et se présenta comme étant le président local de l'association.

— Avec l'accord de nos membres, je proposais de lancer une grande campagne d'affichage et j'envisageais de prendre contact avec vous pour vous soumettre le projet.

— Très bien, c'est une bonne démarche. Nous la validerons et vous mettrons également en rapport avec les services de gendarmerie afin que la diffusion soit la plus rapide possible. Avant de les imprimer nous vous communiquerons un numéro vert pour que nous centralisions les appels et puissions les vérifier. Nous connaissons l'action de votre association et la soutenons. Nous avons informé les parents d'Erwan que, chaque année, sur le fichier des personnes recherchées, nous enregistrons quarante mille inscriptions dont trente-cinq mille de mineurs et que, pour l'essentiel, ce sont des fugueurs retrouvés dans les deux ou trois jours qui suivent, surtout chez des jeunes de plus de quinze ans. Le cas de jeunes qui disparaissent et qu'on ne retrouve pas est rare, en moyenne un par an…

— Oui, ce sont également nos statistiques. Néanmoins, nous comptons une vingtaine de cas d'enfants disparus sur les cent soixante familles que nous accompagnons. Les autres, ce sont surtout des enfants assassinés. Nous avons un site Internet et une douzaine de policiers à la retraite travaillent également pour nous bénévolement. Ils nous aident à être très complémentaires de votre rôle et surtout à éviter tout risque d'interférences malheureuses.

— Oui, nous le savons.

François se tourna vers la mère d'Erwan.

— Nous souhaitons écouter le message laissé sur le répondeur par Erwan.

La femme se dirigea vers l'appareil et appuya sur la touche de la messagerie. La voix d'Erwan paraissait claire, agréable, détendue. Aucune appréhension ne se percevait.

— Est-ce son timbre de voix habituel ?

— Oui… tout à fait, répondirent en chœur les parents. Rien ne laisse supposer la moindre inquiétude dans ses propos.

— Nous vous demandons de nous confier cette cassette, nous allons la recopier et vous la rendrons. Nous vérifierons également de quel endroit l'appel a été donné.

— La voici, fit la femme en déclenchant l'éjection de la cassette.

— Nous souhaitons à présent visiter la chambre d'Erwan.

La maman d'Erwan conduisit Phil et François à l'étage, tandis que les conversations reprenaient dans la pièce qu'ils venaient de quitter. Ils découvrirent une chambre claire et ensoleillée, parfaitement rangée. Les visiteurs furent frappés par les innombrables dessins et les graffs aux couleurs vives qui recouvraient les murs. Une couette enveloppait le lit, fermant l'angle droit de la pièce. À gauche, un petit bureau en bois blanc et, au-dessus, des étagères croulant sous le poids des albums de bandes dessinées. À côté du micro ordinateur posé sur le bureau, quelques manuels scolaires et des figurines. Phil saisit un petit bonhomme à la longue houppette blonde et interrogea la maman d'Erwan :

— Qui est-ce ?

— Titeuf ! Vous ne connaissez pas ? Le personnage imaginé par Zep, le petit héros le plus populaire des scolaires.

— Non, désolé, se contenta de répondre Phil en se tournant vers François qui ne paraissait pas plus branché.

— Mon fils est un inconditionnel de Zep. Il possède tous les albums de son petit personnage irrévérencieux, depuis la sortie du premier. Le père du héros a d'ailleurs été récompensé au festival d'Angoulême cette année. Mais Erwan ne se contente pas de lire des albums, il dessine également et veut créer sa propre bande dessinée. Il a du talent, tout le monde le dit et ce que vous voyez sur les murs, c'est son travail…

— Il possède un beau coup de crayon en effet, commenta Phil, admiratif, malgré son inculture dans ce domaine. Ne se serait-il pas déplacé à Angoulême, dans ce cas ?

— Non. Le salon est passé. Mais il est allé récemment avec Jean-Jacques à Perros-Guirec où se tenait également un salon de la BD.

— Vous le soutenez ?

— Complètement et mon mari aussi. Ils nourrissent tous les deux la même passion et s'entendent très bien pour cette raison. En plus de Titeuf, leurs héros s'appellent Cédric, Kid Paddle, Spirou ou encore Parker et Badger, et j'en oublie…

François avisa, au même moment, un sac à dos posé au sol. Il s'en saisit et l'ouvrit. Il découvrit des bombes de peinture, un masque et des gants maculés de peinture. Il se tourna vers la femme, interrogatif. Elle rougit avant de répondre :

— C'est-à-dire qu'Erwan est aussi graffeur.

Phil remarqua alors les magazines spécialisés sur une étagère. Il saisit le premier de la pile, "*Graff it !*"

celui du trimestre en cours, afin de le parcourir rapidement.

— Ce n'est plus la même chose que de la BD, lança François devant cette découverte, comme si elle modifiait sa perception sur le jeune homme. Il réalisa et regretta au même moment ses paroles.

— Détrompez-vous. Beaucoup de jeunes commencent par des tags sur les terrains vagues ou les friches industrielles, évoluent vers des graffs voire des fresques avant de trouver leur véritable voie dans la peinture, la déco ou la BD et j'en passe. D'ailleurs, après le bac, Erwan, comme nous vous l'avons dit, envisage de faire des études d'arts graphiques tout en suivant des cours complémentaires aux Beaux-Arts. Nous lui avons même promis de lui offrir un stage sur la BD en Belgique, durant les vacances scolaires de l'année prochaine, s'il continue à bien marcher dans ses études.

Phil et François se contentèrent de noter ces informations. Ignorants en la matière, ils devraient se renseigner et rencontrer ce milieu pour se forger d'autres pistes sur Erwan voire une image différente.

Le mot "tag" venait de sonner comme une fausse note dans l'oreille des deux officiers de police. Jusqu'à présent, leur connaissance du sujet se limitait davantage à un jeu du chat et de la souris avec certains jeunes, suite à des plaintes de particuliers, de collectivités locales ou de la SNCF qui voyait régulièrement ses wagons décorés par une communauté de tagueurs. Il était vrai, cependant, qu'ils avaient bien noté le projet de poursuite d'études d'Erwan dans les arts graphiques.

Ils reprirent leur recherche de photos, de renseignements divers – numéros de téléphone de copains, messages, courriers – mais ne découvrirent rien d'intéressant.

— Erwan a-t-il une amie attitrée ?

— Non, ce n'est pas son problème en ce moment. Il ne s'intéresse pas encore aux filles, ses passions sont le dessin et la BD.

— Et le tag ? surenchérit François maladroitement.

— Non. Le graff et uniquement sur des lieux autorisés, répondit sèchement la femme.

François, ayant du mal à percevoir la différence entre tag et graff, n'insista pas, d'autant qu'il sentait qu'il provoquait d'une certaine manière la maman qui défendait son fils. Elle devait aussi, visiblement, l'admirer pour ses dispositions. Ce n'était pas le moment de l'agacer avec ce genre de détail.

— A-t-il un bon copain ?

— Oui, plusieurs, au lycée, nous les avons contactés. Ils sont dans sa classe.

— Très bien, comme nous devons nous y rendre, nous verrons sur place.

François et Phil prirent congé et quittèrent la maison. Ils se dirigèrent aussitôt vers le lycée.

— Que penses-tu de cette passion pour le tag et le graff, Phil ? demanda François.

— Je n'y connais rien, mais cette image me plaît moins. À mon avis, cette enquête risque d'être plus compliquée qu'elle n'y paraît !

Arrivés au lycée, ils furent conduits au bureau du proviseur qui les reçut aussitôt.

Il parla le premier, avant même de s'asseoir à son bureau.

— Vous venez pour Erwan, je suppose ? Alors, avez-vous des nouvelles ?

— Non, pas pour l'instant. Avez-vous de bons rapports avec Erwan ?

— Oui, d'autant plus qu'il participe à l'élaboration du magazine du lycée. Il en fait généralement les dessins. Il possède un réel talent, vous savez. Et il fait partie de ces jeunes sans histoire.

— Quels sont ses rapports avec les professeurs ?

— Excellents. C'est un bon élève. Il s'intéresse à tout. Il est curieux de tout…

— Aurait-il eu un accrochage avec l'un d'entre eux ?

— Non. Pas à ma connaissance.

— Et avec d'autres élèves ?

— Non plus. Erwan ne fait pas preuve d'absentéisme, ne fume pas, n'a pas de mauvaises fréquentations. Non. Je ne vois pas. Côté lycée tout au moins.

— Parce que hors lycée, vous pensez que…

— Non ! Excusez-moi, ce n'est pas ce que je voulais dire, reprit le proviseur, comprenant l'interprétation faite par les officiers de police judiciaire. Je vous l'ai dit, jeune homme sans histoire au sein d'une famille équilibrée.

— Nous avons appris qu'en dehors de sa passion pour le dessin de BD, il se livrait aux tags et aux graffs, qu'en savez-vous ?

— Rien… non vraiment rien. J'ignore dans quel cadre il le fait. Non, je ne sais pas…

— Nous souhaitons rencontrer les professeurs de sa classe et ensuite les élèves. Vous nous avez parlé également d'un magazine. Nous voulons voir tous ceux qui y collaborent.

— Bien sûr, je comprends. Je regarde le tableau des emplois du temps… et vais faire le nécessaire pour vous permettre d'échanger avec eux, pas tous malheureusement, avant la reprise des cours à quatorze heures. Je vois que cette classe termine le programme de la journée à seize heures aujourd'hui, je demanderai que vous puissiez dialoguer avec les élèves en salle de permanence à cette heure-là. Entre-temps, vous pourriez peut-être parler avec quelques élèves qui travaillent à la parution de la revue du lycée.

— Parfait. Nous vous remercions et vous demandons d'informer les enseignants de notre venue vers treize heures trente.

Ils franchirent les portes du lycée à l'heure convenue. Les jeunes allaient et venaient, à pied ou en scooter, créant une belle animation devant l'établissement. Le concierge se libéra aussitôt pour les conduire à la salle des professeurs, occupée exceptionnellement par les enseignants concernés par la classe d'Erwan. François fit les présentations et Phil s'installa immédiatement devant son clavier de portable afin d'enregistrer l'identité des maîtres présents.

François rappela les circonstances de la disparition et demanda quel était le professeur qui avait vu Erwan pour la dernière fois. Celui qui enseignait l'anglais se leva. Il assurait le dernier cours de vendredi après-midi. Non, il n'avait rien remarqué d'inhabituel dans le comportement d'Erwan. Oui, il confirmait les bons renseignements déjà donnés sur le jeune homme. Chaque enseignant s'exprima ensuite sur l'élève. Aucune fausse note ne ressortit de l'ensemble des entretiens.

L'image du bon élève studieux revenait le plus souvent. Le professeur d'arts plastiques confirma le véritable talent d'Erwan. Pour lui, cela ne faisait aucun doute, il le classait d'emblée dans la catégorie des futurs artistes comme on n'en rencontre qu'un ou deux dans toute sa carrière. Chaque personne présente s'étant exprimée, Phil ne put s'empêcher d'aborder le sujet du tag.

— Nous avons aussi appris qu'Erwan, outre son indéniable talent en dessin, notamment dans le domaine de la bande dessinée, était un adepte du tag, qui peut nous en dire un peu plus ?

Les regards se tournèrent vers l'enseignant en arts plastiques.

L'homme, d'une trentaine d'années, rougit légèrement et se sentit obligé de répondre à la question :

— Avec une jeune femme, professeur de français d'une autre classe, j'encadre les jeunes chargés de l'élaboration de la revue du lycée. Lors de ces travaux, disons hors cours traditionnels, il nous arrive d'aborder toutes sortes de sujets. À cette occasion, Erwan m'a effectivement fait part de sa passion pour ses graffs. Je crois même savoir qu'il les signe et photographie les plus importants, se constituant même un book. Sachez cependant que si Erwan, comme la plupart des jeunes qui se lancent dans cet art, a commencé par le tag, il n'a jamais fait partie de cette jeunesse révoltée et asociale, genre “Nique la police” ou “Nique les keufs” et autres leitmotivs. Pour moi, Erwan fait du graff un véritable art urbain vivant, avec une touche personnelle de très haute qualité. Je ne pense pas qu'il se soit mêlé à des jeunes délinquants.

Autour de la table, tous approuvaient d'un signe de la tête ces propos.

— Savez-vous s'il produit ou réalise ces graffs seul ou avec d'autres jeunes du lycée ou d'ailleurs ? rajouta François.

Le professeur haussa les épaules, dans le doute. Les autres enseignants présents paraissaient tout aussi embarrassés.

Après avoir marqué un long silence, il se sentit obligé de répondre quelque chose :

— Généralement, les graffeurs travaillent en groupe de deux à quatre personnes voire plus. Ils se donnent un nom, signent leurs œuvres, mais je ne connais pas les règles dans ce domaine. J'ignore donc si Erwan fait partie d'un groupe et encore moins avec qui il participe à ces travaux.

— Quelqu'un a-t-il une idée des relations entretenues par Erwan avec un ou d'autres jeunes pour exercer cet art ?

Le silence fut total. Tous l'ignoraient.

— En dehors du graff, savez-vous quelles sont ses fréquentations ?

— Sortis des cours, nous ne voyons pas vraiment nos élèves, répondit un autre professeur.

— A-t-il une petite amie attitrée ?

La réponse fut du même ordre que la précédente. Les personnes présentes ne se montrèrent pas très bavardes. Sans vouloir cacher quoi que ce soit, elles donnaient plutôt l'impression de ne pas connaître grand-chose de la vie d'Erwan. François et Phil les libérèrent afin de leur permettre de rejoindre leurs salles de cours. Ils communiquèrent leurs numéros de téléphone et leur recommandèrent bien de les appeler si un détail leur revenait. De la même manière, ils les invitèrent à en parler plus largement entre eux, y compris avec les autres classes, quitte à provoquer une réunion générale. Si toutefois l'un d'entre eux détenait une information, il devait absolument se mettre en rapport avec François ou Phil à n'importe quelle heure du jour ou de la nuit. Un bruit de chaises et de discussions emplit aussitôt la salle et les professeurs quittèrent les lieux. L'enseignant d'arts plastiques resta le dernier et se proposa d'accompagner les deux officiers de police judiciaire au local de la revue du lycée.

Phil reconnut sur la porte les dessins d'Erwan annonçant qu'il s'agissait de la rédaction. À l'intérieur, un groupe de six élèves travaillait autour d'une table.

— Vous avez de la chance, ils sont au complet... sauf Erwan, bien entendu, lança-t-il en se retournant vers les policiers.

Puis il s'adressa aux jeunes :

— Comment se fait-il que vous soyez tous là ? Vous n'avez pas cours ?

— Si, répondit le jeune homme le plus proche de l'entrée. Mais nous venons de former une cellule de crise pour créer un numéro spécial afin de sensibiliser tous les élèves sur la disparition d'Erwan et aussi afin de préparer une affichette que nous devons déposer à ses parents avant la fin de l'après-midi. Nous avons contacté le service de communication de la mairie de Quimper et un important fournisseur des lycées. Si les parents sont d'accord, nous ferons éditer cette affichette en plusieurs milliers d'exemplaires !

— Bravo, reprit alors Phil devant cette initiative.

Il remercia le professeur pour sa diligence et le

pria de les laisser avec les jeunes à présent. Celui-ci parut surpris d'être ainsi remercié. Il s'en alla aussitôt sans demander son reste.

François fit les présentations et Phil s'installa aussitôt devant son micro-ordinateur. Chacun déclina son identité et sa classe. François amena chaque jeune à évoquer ses relations avec Erwan. Visiblement, le disparu passait, là aussi, pour un jeune homme sans histoire, talentueux en dessin, passionné de bandes dessinées, camarade discret mais sympathique et serviable. Aucun d'entre eux ne le fréquentait réellement en dehors de l'établissement. La discussion parut rapidement creuse à Phil. Il s'agaçait de ne pouvoir avancer davantage. Il introduisit le sujet du tag et du graff.

— Nous avons appris qu'en dehors du lycée, Erwan était également un champion de tag et de graff. Lequel d'entre vous l'accompagne ou partage cette passion ?

Le silence fut la première réponse. Aucun des jeunes présents ne l'accompagnait ni ne participait à cette pratique. Phil crut un instant qu'ils craignaient peut-être des sanctions de la police. Aussi les rassura-t-il, précisant bien que l'objet de l'entretien n'avait, en aucun cas, pour finalité de rechercher qui pratiquait le tag.

Le résultat fut le même.

— Mais enfin, vous connaissez tous sa passion pour le graff, est-ce que nous sommes d'accord ?

— Oui, bien sûr. Il nous a même montré son book. Erwan est réellement très bon dans ce domaine. Il doit sans doute coopérer avec des groupes que nous ne connaissons pas. Je sais qu'à un moment il devait être associé à deux d'entre eux, un de Quimper et un autre de Concarneau, mais je n'en sais pas plus.

— Comment s'appelaient-ils ?

— Aucune idée... Pour ma part, je ne me souviens pas qu'il nous l'ait dit.

— Comment pouvons-nous les contacter ?

Tous l'ignoraient. Ce milieu restait fermé et confidentiel.

Phil décida de changer de méthode d'approche devant ce mutisme.

— Nous apprécions votre initiative de vouloir éditer une affichette pour faire connaître à tous les élèves du lycée la disparition d'Erwan. Bravo, c'est du bon travail...

— Nous avons contacté aussi les autres lycées de la ville pour qu'ils y participent...

— C'est encore mieux, vous êtes vraiment formidables. Nous vous demandons, dans ce cas, de rajouter que si quelqu'un pouvait nous transmettre une information concernant les graffeurs avec lesquels Erwan aurait pu collaborer, qu'il se mette en rapport avec nous de toute urgence.

Un silence pesant s'installa. François et Phil ressentaient une certaine méfiance des jeunes à leur égard. L'un d'entre eux se décida à se lancer.

— C'est-à-dire que... Excusez-moi, mais je ne sais pas trop comment vous le dire. Mais ce milieu des graffeurs n'aime pas trop les keufs ou les kizzdés comme il appelle la police. Si vous me permettez, je crois qu'il serait préférable de procéder autrement. Pour contacter ces jeunes, je vous propose plutôt que nous les invitions à se joindre à nous pour nous aider à faire avancer les recherches. Ensuite, nous pourrions vous transmettre leurs coordonnées.

Tous les jeunes approuvèrent aussitôt cette suggestion. Phil se tourna vers François et approuva aussi de la tête.

— Très bien. Vous avez raison. Excellente idée. Nous vous laissons procéder ainsi et, dès que vous avez la moindre information, appelez-nous. Voici nos numéros de portable. Nous sommes joignables à n'importe quelle heure du jour et de la nuit. Cette affaire est prioritaire actuellement.

Toute l'assemblée parut soulagée par cette proposition et la discussion put s'établir librement entre jeunes et officiers de police, sans pour autant leur permettre d'obtenir d'informations nouvelles ou déterminantes pour l'enquête. Phil et François quittèrent les lieux sur un véritable accord de partenariat.

Le temps avait passé, leur second rendez-vous au lycée approchait, ils décidèrent donc de rester sur place et en profitèrent pour faire le point.

Ils entrèrent un peu après seize heures dans la classe où avaient été réunis tous les élèves.

Le professeur principal était présent. Il assura l'introduction de l'entretien. Phil demanda la liste des élèves présents pour l'annexer à son procès-verbal. Il insista également afin que chaque élève s'exprime. Il rappela qu'un détail anodin, parfois, pouvait prendre une dimension surprenante dans une enquête. Il ne fallait rien cacher. Si un élève souhaitait parler individuellement et confidentiellement, il pouvait être reçu après la réunion ou, plus discrètement encore, au commissariat. Il pouvait aussi téléphoner aux deux numéros de portable que François écrivit au tableau.

Phil valorisa ensuite l'excellent travail en cours de réalisation des jeunes chargés de la rédaction du journal du lycée qui élaboraient un numéro spécial. À ce titre, si un élève n'osait pas appeler la police, qu'il se mette, sans hésiter, en rapport avec la rédaction du magazine.

Une maigre discussion s'établit mais n'apporta rien de précis ni d'important pour l'enquête. Il apparaissait qu'Erwan se comportait en bon camarade, mais que, sorti de l'établissement, il n'entretenait pas de liens forts avec les élèves de sa classe.

En quittant le lycée, Phil et François ne cachaient pas leur déception.

— Nous n'allons pas apprendre grand-chose côté lycée, conclut Phil. Pour moi, l'important serait de connaître ses fréquentations en dehors de l'établissement.

— Oui, je suis d'accord, surenchérit François. Cet Erwan me paraît évoluer dans un univers policé entre sa famille et l'école, mais entretenir comme une autre vie dès qu'il se consacre à ses graffs. Il faut absolument que nous puissions y entrer. Je suis sûr que nous y ferions d'intéressantes découvertes.

Après avoir rejoint leur bureau, ils appelèrent leurs collègues des Renseignements Généraux pour obtenir des informations plus précises sur ce milieu. Cet aspect social relevait de leurs compétences. Phil et François, eux, se sentaient démunis.

III

Quimper, mardi 4 mai.

La disparition du jeune Erwan s'était propagée comme une traînée de poudre dans la région. Les quotidiens en faisaient leurs gros titres. Il était possible de lire dans tous les kiosques que la police et la gendarmerie engageaient des moyens importants en hommes sur le terrain pour tenter de retrouver les traces du jeune homme. Le procureur de la République précisait qu'aucune piste n'était écartée et que le moindre témoignage serait étudié avec le plus grand intérêt. Des centaines d'avis de recherche étaient en cours de distribution dans les commerces de la ville ou allaient être placardés par les policiers et les gendarmes dans tous les lieux publics de Quimper et des environs.

Depuis la disparition d'Erwan, chaque heure qui passait faisait dorénavant croître l'inquiétude. Le jeune lycéen ainsi que son scooter restaient pour l'instant introuvables. Les articles reprenaient le déroulement de l'emploi du temps d'Erwan jusqu'au vendredi soir ainsi que son signalement avec une photo de son visage et une photo en pied. Police et gendarmerie axaient leur enquête autant sur la thèse de la fugue ou de l'enlèvement que sur celle de l'accident. Cette disparition sans la moindre trace depuis la sortie du lycée restait pour le moins troublante.

Erwan était présenté comme un jeune homme sensible et sans histoire, bon élève, studieux et discret. Il n'avait jamais suscité la moindre inquiétude à ses enseignants. Ses camarades de classe semblaient vouloir exclure la thèse de la fugue. En tous les cas, il n'avait jamais exprimé la moindre intention de quitter la ville, sa famille ou ses camarades.

Erwan passait pour être un jeune homme sans problème et débrouillard, vivant dans une famille paisible. La mère du jeune homme lançait un appel afin que toute personne susceptible d'apporter une information se fasse connaître. Les articles se terminaient tous par le numéro vert mis à disposition de toute personne pensant détenir un renseignement utile à l'enquête. Toutes les radios locales et nationales faisaient état de cette disparition, reprenant avec prudence les propos du procureur de la République. Ce dernier refusait d'établir un lien entre cette disparition et celles qui se multipliaient depuis quelques mois dans le Centre, l'Est et le Nord de la France. Son commentaire revenait en boucle tout au long de la journée sur les ondes :

— Pour l'instant, nous nous trouvons dans des cadres géographiques et humains différents : il serait dangereux de faire un amalgame. Tous les moyens possibles de la gendarmerie et de la police nationale sont mis en action pour mener de front les trois axes de recherche que sont la fugue, l'accident et l'enlèvement.

Le journal télévisé de la mi-journée reprenait également ces informations sur toutes les chaînes. La France entière vivait, depuis plusieurs semaines déjà, sous le choc de disparitions à répétition, aggravé par des procès retentissants en cours que ce soit en Belgique ou dans le Nord de la France dont, pour ce dernier, les rebondissements déstabilisaient la population.

Le soir, toutes les chaînes de télévision reprenaient l'événement, montrant la famille d'Erwan et le proviseur du lycée, le psychologue scolaire missionné pour recevoir les élèves qui souhaitaient s'exprimer, interrogeant aussi quelques élèves dont le visage avait été caché. Un appel à témoins était solennellement lancé.

Les enquêteurs de la section de recherches et les gendarmes poursuivaient avec acharnement leurs investigations.

Phil et François ne savaient plus où donner de la tête. Les témoignages venaient de partout et il fallait à chaque fois missionner une équipe pour vérifier.

Le scooter avait été aperçu à plusieurs reprises à Quimper, mais aussi à Nantes et à Bordeaux. La route de l'Espagne continuait à être prise au sérieux.

Phil et François n'écartaient pas l'hypothèse du

pèlerinage sur les lieux de disparition du père d'Erwan, sans trop y croire cependant. Au vu du profil psychologique de l'adolescent, il ne faisait aucun doute qu'il aurait donné de ses nouvelles.

*

*   *

Mercredi 5, jeudi 6 et vendredi 7 mai.

Les jours qui suivirent furent harassants pour Phil et François. Ils dormaient à peine et prenaient tout juste le temps de se sustenter. Leurs nuits se peuplaient de cauchemars, d'enlèvements d'enfants, de meurtres crapuleux…

La presse devenait de plus en plus oppressante. Une polémique commençait à prendre à partie certains médias, notamment les journaux spécialisés ou à scandale. Des journalistes peu scrupuleux venaient frapper à toutes les portes pour interroger le voisinage et les camarades de classe du disparu. Ils surveillaient les parents et les deux sœurs d'Erwan à tel point que les parents décidèrent d'emmener leurs filles dans la famille, loin de cette ambiance troublée.

Phil et François firent un nouveau point avec leur patron et le lieutenant-colonel commandant le groupement de gendarmerie chargé de l'enquête. Force était de constater qu'ils ne disposaient d'aucune piste sérieuse.

Pas le moindre élément ne venait apporter une information à partir de sa sortie du lycée, Erwan s'était évanoui dans la nature avec son scooter à partir de cet endroit ou plus exactement de la cabine téléphonique qui avait été identifiée, celle qui se trouvait juste en face de l'établissement. C'était le dernier point de passage d'Erwan, lorsqu'il avait appelé ses parents pour prévenir de son absence.

Il était inconcevable que le jeune homme ait pris la précaution d'avertir de son absence pour, ensuite, ne plus donner signe de vie.

L'association qui soutenait la famille n'avait pas obtenu non plus la moindre information sur le jeune homme. L'équipe de rédaction du magazine du lycée n'enregistrait ni témoignage ni information permettant de joindre un des groupes de graffeurs avec lequel Erwan avait pu intervenir ces dernières semaines.

Le procureur s'agaçait sérieusement et le ton montait entre tous les intervenants. Le patron à son tour mettait la pression sur Phil et François que cette enquête désolait de plus en plus. Plus le temps s'écoulait et plus l'hypothèse de la fugue devenait difficile à soutenir pour les enquêteurs comme pour les parents, même si elle ne restait pas impossible. Le procureur devait faire évoluer l'enquête dite de flagrance, limitée encore à sept jours, dans l'attente des nouvelles dispositions Perben qui permettraient de passer à deux semaines. Dans quelques jours, sans élément nouveau, il serait contraint d'ouvrir une information judiciaire. On espérait cependant ne pas en arriver là.

En attendant, pour le week-end, ils se mirent d'accord sur un bulletin d'information unique, précisant que police et gendarmerie disposaient à présent de nombreux indices. Des vérifications approfondies allaient avoir lieu dans les prochaines heures et il n'était pas exclu que celles-ci débouchent sur les premières gardes à vue.

Phil et François n'étaient pas très fiers de cette formulation un peu creuse. Ils savaient qu'il ne fallait pas affoler la population mais maintenir l'espoir et montrer que les forces de l'ordre avançaient... Ils se préparaient à passer un week-end sur le terrain.

IV

Samedi 8 mai.

Cette année, décidément, les jours fériés n'étaient guère avantageux pour les amateurs de ponts à rallonge. Ceci ne changeait rien pour Phil et François qui ne quitteraient pas leur poste ni leurs investigations. Pour eux, pas de répit, un peu comme les pompiers sur un feu qu'ils ne pouvaient maîtriser. Ils se sentaient impuissants et la fatigue commençait à se faire sentir.

Les appels, des plus fantaisistes aux plus sérieux "d'apparence", affluaient de toutes parts, que ce soit sur les postes de la police ou ceux de la gendarmerie, alloués à cette enquête.

Il devenait difficile, par manque d'hommes, de vérifier chaque cas…

Le soir venu, ils étaient toujours tous au même point, c'est-à-dire, dans l'impasse, sans le moindre élément sérieux à divulguer.

*

* *

Dimanche 9 mai.

Par tous les moyens, plus de sept cents affichettes d'avis de recherche et plus de cinq mille tracts avaient été distribués sur le Finistère et les départements limitrophes. Une vaste solidarité se développait spontanément, dans le monde associatif notamment, tandis que les enquêteurs travaillaient d'arrache-pied. Toute hypothèse crédible était prise en compte. Une femme avait signalé à Niort qu'elle venait de rencontrer un jeune homme à pied qui correspondait au signalement. Il semblait perdu et lui avait demandé dans quelle ville il se trouvait.

Quant au scooter, il était aperçu partout… Dans une affaire de cette ampleur, le numéro vert n'échappait pas à la pléiade d'abrutis qui se plaît à apporter les témoignages les plus douteux et coûteux en temps de vérification.

Le dimanche soir, le procureur réunit le patron, le commissaire Yann Le Godarec, Phil, François et le lieutenant-colonel commandant le groupement de gendarmerie.

Sa première question fut directe.

— Avez-vous effectué une première garde à vue ?

Après un silence embarrassé, le patron prit la parole :

— Plusieurs personnes au comportement étrange ont été interpellées à la sortie du lycée, mais rapidement mises hors de cause. Les autres personnes interrogées et retenues quelques heures au poste, le temps de vérifier leur emploi du temps, sont sans rapport avec l'affaire.

— Eh bien, Messieurs, je vous trouve plutôt légers sur le coup. Enfin ! Qu'un jeune homme disparaisse dans la nature, soit ! Mais le scooter, tout de même… Il faut vérifier tous les scooters en circulation à Quimper, dans le Finistère et en Bretagne !

— C'est ce que nous faisons ! rétorqua le lieutenant-colonel de gendarmerie.

Le procureur se calma, réalisant que sa réflexion pouvait paraître légère, face à ces professionnels très compétents qu'il avait devant lui.

Mais ces derniers savaient que la secrétaire d'État aux Droits des Victimes commençait à le harceler et menaçait de descendre à Quimper dans les jours prochains si l'enquête n'avançait pas plus vite que ça.

— Bien. Je considère, dans ce cas, la procédure de flagrance qui permettait de lancer les investigations tous azimuts, comme terminée. Demain matin, je fais ouvrir une information judiciaire pour enlèvement et séquestration criminelle. Je vous demande de rencontrer les parents afin de les informer de cette procédure. Comment réagissent-ils pour l'instant ? demanda le procureur.

— Ils souffrent très dignement. Ils ont le sentiment que tout est fait pour retrouver leur enfant. Ils apprécient l'appui de la vaste solidarité qui s'est développée autour d'eux.

— Parfait… Dites-leur bien, cependant, que la piste de la fugue n'est pas abandonnée pour autant. J'annoncerai demain également la mise en place d'un nouveau dispositif que j'appellerai “Cellule spéciale 29”. J'adjoindrai à vos moyens actuels des spécialistes en matière de disparition, voire de kidnapping, et une équipe chargée de la surveillance de personnes fichées pour pédophilie.

— Pensez-vous qu'il faille privilégier la piste d'un pervers ? demanda Phil.

— Non. Mais avec tout ce que nous venons de voir dans d'autres régions du Nord de la France, je préfère qu'elle soit étudiée également. D'autre part, il faut que l'immense volume d'informations que vous avez recueilli par l'intermédiaire du numéro vert mis en place et qui reste opérationnel, fasse l'objet de recoupements systématiques. Vous devez laisser à d'autres le travail que vous n'avez pas le temps de faire ! Je ne veux pas découvrir dans les prochains jours ou prochaines semaines que nous sommes passés à côté de quelque chose… Vous savez aussi bien que moi que les médias et la population ont toujours beau jeu de dire après ce qu'il aurait fallu faire avant ! Notre boulot, c'est comme à la Bourse, il est beaucoup plus facile de dire ce qui s'est passé et pourquoi les valeurs ont fluctué de telle ou telle façon plutôt que d'indiquer les valeurs qui vont évoluer, qu'il faut acheter et pourquoi…

Le procureur, très tendu en début d'entretien,

paraissait plus serein au moment de conclure. Ils continuèrent à discuter sur l'enquête en abordant quelques points techniques puis se séparèrent pour reprendre le quotidien de leur brûlante affaire.

Il s'agissait pour Phil et François de découvrir la vérité et ce n'était pas vain mot pour eux.

Ils avaient trop en tête de récentes affaires comme celle de Châteauneuf-du-Faou* ou encore celle de Morlaix**. Il ne s'agissait pas de ne pas être loin de la vérité mais de la mettre en lumière très précisément.

La découvrir, c'était pour eux retrouver la tranquillité d'esprit.

*

*   *

Lundi 10 mai, matin.

En ce lundi matin, Phil et François vivaient de plus en plus mal cette enquête. Cette énigme les minait. François appela la maman d'Erwan sur la ligne particulière afin de convenir d'une heure de rendez-vous.

— Vous avez du nouveau, vous savez quelque chose pour Erwan ? lança-t-elle vivement dès qu'elle reconnut la voix de François.

---

*Lire *Lanterne rouge à Châteauneuf-du-Faou*, même collection, même auteur.

**Lire *Coup de tabac à Morlaix*, même collection, même auteur.

— Non. Pas vraiment, dut répondre François, tristement. Nous voulons vous rencontrer pour vous faire part de l'évolution de notre enquête. À quelle heure pouvons-nous vous rendre visite ?

— Non. Je préfère passer vous voir car, ici, c'est difficile à vivre, avec tout le va-et-vient et les journalistes. Je me suis mise en maladie et je peux sortir après dix heures. Mon mari a repris son travail, il sera absent.

— Comme vous voulez. Dans ce cas, venez avec votre voiture et présentez-vous à la porte d'accès réservée au service. Vous sonnez, on vous ouvrira et vous entrerez avec votre voiture. Donnez-moi les caractéristiques de votre véhicule, je vais avertir le gardien. Nous vous attendons à partir de dix heures.

L'appareil à peine raccroché, François vit surgir le patron dans le bureau.

— Connaissez-vous les rumeurs qui se propagent en ville ?

— Non, se contenta de répondre François, surpris et étonné par cette irruption brutale tandis que Phil quittait son bureau pour s'informer de ce qui se passait.

— Je viens d'avoir le procureur très en colère. Deux rumeurs circulent laissant entendre qu'Erwan serait victime d'un réseau pédophile agissant pour un réseau luxembourgeois, belge et allemand. Il semblerait qu'il existe des similitudes avec une affaire semblable découverte dans ces pays…

— Rien que ça ! lança Phil, interloqué.

— Attendez, ce n'est pas tout !

— Parce qu'il y a encore autre chose ? commenta François toujours sous l'effet de surprise.

— La deuxième rumeur serait que le jeune homme aurait rejoint de son plein gré un groupe de pédophiles, question de se faire de l'argent afin de se payer du matériel pour ses graffs. Il s'agirait d'une nouvelle affaire. De là à ce qu'elle ait mal tourné... Vous vous rappelez cette histoire de ballets bleus avec des gosses, il n'y a pas si longtemps...

— Oui... répondit Phil. Je me souviens des collègues qui s'étaient occupés de l'enquête et du démantèlement de réseau.

— Vous feriez bien de regarder rapidement de ce côté-là avant que ça nous pète à la g...

— Peut-être. En attendant, tout à l'heure, nous allons recevoir la mère d'Erwan. Nous en profiterons pour aborder indirectement cela en évitant de la traumatiser, sauf si la rumeur lui est déjà parvenue. Ensuite, nous remonterons du côté des services concernés par cette affaire pour étudier cette hypothèse. De toute façon, Erwan ne peut pas avoir le don d'ubiquité...

— Bien sûr ! Mais comme le procureur a insisté, ne ratons pas le coche !

— D'accord. Dans ce cas, je me rends tout de suite chez les collègues pendant que François recevra la mère, proposa Phil par souci d'efficacité.

— Bon. Vous faites au mieux et tenez-moi au courant rapidement, car je sens que je vais devoir rendre compte au-dessus !

Le patron parti, Phil et François restèrent dubitatifs.

— Tu y crois, toi ? demanda Phil à François.

— Le réseau pédophile sur l'étranger me laisse plutôt sceptique, c'est de l'intox liée à tout ce qui s'est passé dans le Nord de la France. Quant à l'autre rumeur, faut voir…

— Bon, j'y vais !

— Et moi, dès que j'aurai vu la mère, je m'attaquerai à la filière étrangère, si c'est nécessaire…

Peu après dix heures, le gardien de la paix en service sur l'accès arrière annonçait que la maman d'Erwan venait d'arriver. Un autre gardien l'accompagnait au bureau.

François reconnut à peine cette femme qu'il avait rencontrée une semaine seulement auparavant, dans ce même bureau, tellement ses traits étaient tirés. Le visage terriblement émacié donnait l'impression de ne plus avoir un seul gramme à perdre. Le regard las, le visage fatigué, elle paraissait dix ans de plus. Son teint était cadavérique et ses yeux profondément enfoncés dans leurs orbites, à croire que ces dernières journées lui avaient dévoré les chairs de l'intérieur.

— Voulez-vous un café ou une boisson, Madame ?

— Oui, je veux bien un café. Je ne tiens plus debout qu'avec ça, à présent, répondit-elle.

Elle se mit à pleurer doucement, baissant la tête. Après quelques longues secondes, elle releva son visage accablé de chagrin avec, au fond des yeux, un immense désespoir et regarda François. Suppliante, elle demanda :

— Et pour mon petit Erwan... avez-vous du nouveau ?

— Peu de chose pour l'instant, Madame. Le procureur a décidé d'ouvrir une information judiciaire pour enlèvement et séquestration criminelle... François réalisa immédiatement la réaction angoissée de son interlocutrice et se montra aussitôt rassurant. Mais n'y voyez que des termes juridiques. Il ne s'agit que d'une raison d'ordre procédural. Cette étape suit la phase d'enquête initiale dite de flagrance qui se clôt au terme de sept jours. L'information judiciaire est confiée au juge d'instruction qui va élargir notablement les possibilités de nos actions, notamment en matière de pouvoir de coercition, lui expliqua François. Nous poursuivons toutes les pistes pour autant, y compris, celle de la fugue...

— Pour moi, tout cela c'est du charabia ! La seule chose qui compte c'est de savoir où vous en êtes...

La femme avait retrouvé un peu de vivacité et de hargne en buvant son café. François crut même déceler comme de l'agressivité dans son regard à la place de la vacuité précédente.

Elle se tenait à présent presque immobile, comme perdue dans ses songes. L'expression de ce visage chagrinait François. Il la considéra comme un appel au secours bien légitime.

— Je comprends, Madame. Actuellement tout est exploité, c'est un travail de longue haleine. Tous les témoignages sont croisés. La gendarmerie et nos services effectuent des contrôles routiers sur tout le territoire. Un nouveau dispositif appelé “Cellule spéciale 29” a été mis en place. Il devrait permettre d'accroître encore nos capacités d'investigation.

— Je vous entends bien... Cependant, derrière vos paroles, excusez-moi, mais je ne sens rien de concret. J'ai appris par l'association que, dans quinze jours, le 25 mai, ce sera la journée internationale des disparitions d'enfants. Plus d'une quinzaine d'entre eux restent introuvables depuis le début des années 1980. Je ne voudrais pas que, pour cette date, nous soyons toujours sans nouvelles de mon petit Erwan... vous comprenez ? Elle éclata en sanglots, bruyamment cette fois.

François s'était rarement senti aussi mal dans une affaire.

Il se raccrocha une nouvelle fois à peu de chose pour tenter de l'apaiser.

— Le numéro vert continue à bien fonctionner. Les jours qui viennent vont s'avérer déterminants.

— Ce sera trop tard ! Et il est sans doute déjà trop tard ! lança-t-elle, hors d'elle.

— Ne dites pas cela, Madame... Des centaines d'hommes de nos services se consacrent exclusivement à cette affaire.

— Il a raison. Vous êtes à côté de la plaque. Vous ne cherchez pas là où il faut. Voilà le problème !

— Qu'est-ce qui vous fait dire ça, Madame ?

Des sanglots redoublés furent la seule réponse.

— Vous venez de dire « il a raison », de qui parlez-vous ?

La femme pleurait abondamment, la tête enfouie entre les deux mains, les coudes posés sur les genoux. La situation devenait difficilement soutenable pour François, pourtant vétéran aguerri aux nerfs d'acier, au cœur protégé par des grilles et aux émotions cautérisées par plus de trente ans de métier et toutes sortes de situations. Il avait perçu un changement dans le ton de la femme qui se trouvait devant lui. Il pensa alors à la rumeur.

— Je crois savoir qu'une rumeur se développe en ville...

— Ce n'est pas une rumeur, c'est la vérité ! cria-t-elle.

— Dites-m'en un peu plus...

Elle secoua la tête en signe de dénégation. François réalisa aussitôt son état.

Allait-elle s'emporter à tout instant et évoluer ensuite vers une crise de nerfs voire de démence ? François le redoutait. Elle paraissait ébranlée, détruite.

Il observa un silence respectueux, espérant qu'elle se ressaisirait. Il lui tendit un verre d'eau fraîche.

— Tenez, Madame, buvez ce verre d'eau et reprenons...

Après un long moment, elle se calma. Elle le but, ce qui rassura François. Il devait reprendre calmement l'entretien.

— Pouvez-vous me dire ce que vous savez ? C'est important pour vous, c'est important pour nous, car nous avançons dans l'enquête...

— C'est arrivé vendredi après-midi. Mon mari était au travail. J'étais seule pour une fois et un homme s'est présenté à la porte de mon domicile.

— Et alors que s'est-il passé ?

— Il m'a montré une carte précisant qu'il était détective privé spécialisé dans les disparitions d'enfants. Il m'a montré un press-book des succès qu'il a remportés jusque-là. Il n'a pas connu d'échec.

— C'est-à-dire ?

— Par son réseau il détient une parfaite connaissance de tout ce qui concerne les enlèvements d'enfants ou les séquestrations. Il vient d'avoir un appel d'un de ses membres concernant Erwan. Il m'a montré des photos d'Erwan et présenté son signalement pour s'assurer qu'il s'agissait bien de lui. Je lui ai confirmé que les renseignements correspondaient. Il pouvait, dès lors, agir, mais il fallait faire très vite, c'était une question d'heures. Grâce à ses services, je devais pouvoir retrouver Erwan pour le dimanche.

— De quelle façon fallait-il procéder ?

— J'ouvrais un dossier lui donnant mandat de récupérer Erwan. Je versais trois mille euros et il s'occupait de tout. Je n'avais plus à m'inquiéter. Ce serait le cinquante-deuxième jeune qu'il sauverait ainsi, m'a-t-il dit. Il s'agit d'un réseau dont le siège se trouve au Luxembourg. Il sévit surtout sur la Belgique et l'Allemagne…

— Et alors, qu'avez-vous fait ?

— Je me suis précipitée à la poste. Il m'a accompagnée pour retirer du liquide… car les chèques posaient des problèmes pour l'encaissement à l'étranger. Dès que j'ai payé, nous avons rempli un dossier rapidement et il est parti… et depuis… je n'ai plus de nouvelles.

— Pouvez-vous me donner son signalement ?

— Oui… bien sûr… mais je ne sais pas grand-chose.

— Vous êtes allée dans sa voiture, m'avez-vous dit, avez-vous noté le numéro d'immatriculation ?

— Oui, juste au moment où il partait de la maison, car j'ai eu alors comme le sentiment que je me faisais arnaquer. Je me suis mise à la fenêtre et j'ai eu juste le temps de le noter, je l'ai apporté, le voici.

François se saisit du papier et demanda au brigadier de police d'un bureau voisin de se renseigner immédiatement. La femme ne pleurait plus. Réalisait-elle la situation ? François se le demandait.

— En avez-vous parlé à votre époux ?

— Non. Dans un premier temps, je voulais lui faire la surprise. Dans un deuxième, je réalisai que je m'étais peut-être fait avoir. Mais je garde toujours l'espoir secret. Je suis prête à tout pour mon fils, vous comprenez ?

— Je sais ce que c'est, j'ai aussi un fils.

— Est-ce que les renseignements qu'il vous a donnés étaient différents de ceux qui ont été communiqués dans la presse ?

— À la réflexion, je ne crois pas…

Le brigadier revenait déjà vers François.

— Il s'agit d'une voiture de location louée à Nantes. J'ai demandé au collègue de voir avec cette agence. Dès que nous aurons du nouveau, si l'identité est bonne, est-ce que nous lançons les poursuites ?

— Oui, bien sûr, il n'y a pas de temps à perdre.

Le jeune brigadier, particulièrement énergique, quitta aussitôt le bureau.

— J'ai été victime d'un escroc, vous pensez ?

— C'est trop tôt pour répondre, Madame. Mais, comme nous vous l'avions dit, lorsque que vous êtes venue signaler la disparition d'Erwan, des personnes sont toujours à l'affût pour exploiter la situation et profiter de votre peine et de votre désarroi et vous font miroiter une certaine forme d'espoir…

— C'est dégueulasse… c'est dégoûtant…

— Pourquoi ne m'avez-vous pas appelé ? Si l'homme était honnête, il avait tout intérêt à travailler avec la police, vous ne pensez pas ?

— C'est-à-dire qu'il m'avait bien dit de ne pas vous en parler au risque de tout faire capoter. Jusqu'à dimanche, j'y ai cru…

— Je comprends…

Le collègue revenait avec des renseignements et le sourire.

— Nous avons eu l'agence de location de Nantes. La responsable et sa collègue ont flairé l'embrouille dès qu'elles ont vu que l'homme, un peu nerveux, ne voulait payer qu'en liquide. Elles ont accepté l'argent et rempli le contrat. Au retour, elles ont demandé à leur préparateur de sortir par derrière pour suivre leur client lorsqu'il est venu rendre la voiture samedi matin. Il l'a suivi à distance jusqu'au moment où ce dernier a rejoint un véhicule. Il a noté le numéro d'immatriculation de cette voiture. Il a bien fait, car les papiers fournis à l'agence étaient faux. Par contre, il s'agissait bien de sa voiture personnelle ! Par la préfecture, nous avons retrouvé sa véritable identité. Nous avons appelé aussitôt la BRDA, Brigade de Répression et de la Délinquance Astucieuse qui dépend de la Brigade Financière. Les spécialistes de la traque à l'arnaque ont bien notre homme dans leur fichier. C'est un multirécidiviste, tantôt voyant extralucide, tantôt vendeur de biens qui ne lui appartiennent pas ou encore vendeur de promesses en tous genres…

— Bravo ! C'est du très bon travail…

— Nous lançons le mandat d'arrêt ?

— Et comment !

Le jeune brigadier quitta aussitôt le bureau pour se consacrer à cette tâche. François regarda la femme, l'air désolé. Elle réalisa alors ce qui venait de se passer. Une préoccupation vint assombrir son visage.

— Pouvez-vous ne rien dire à mon mari ?

— Rien ne nous y oblige... ce n'est pas l'essentiel pour l'instant. Mais, s'il vous plaît, de grâce, si qui que ce soit venait vous faire quelque promesse, appelez-moi aussitôt et, je vous le répète, à n'importe quelle heure du jour ou de la nuit. Sachez que je suis avec vous, à vos côtés, toutes les minutes depuis que j'ai pris en charge votre dossier et, avec moi, des centaines de personnes qui n'ont qu'un seul objectif, retrouver votre fils sain et sauf. Croyez-moi, je vous en supplie... Nous gagnerons en temps et en efficacité.

— Ex... excusez-moi... dés... je suis désolée. La femme se remit à pleurer, relâchant toute la pression nerveuse retenue depuis quelques minutes. Elle tenta à nouveau de parler :

— Mais... malgré tout, cette piste étrangère ?

— Nous l'étudions. Des hommes de la cellule travaillent sur les recoupements possibles avec des affaires similaires qui se seraient produites là-bas ou ailleurs. La brigade mixte franco-allemande basée à Kehl, près de Strasbourg, a été activée et diffuse la photo de votre fils. Cette coopération transfrontalière est en train de s'amplifier. Il faut garder espoir,

Madame, rien n'est perdu pour l'instant. Pas un mot de tout ceci aux médias. En aviez-vous parlé autour de vous ?

— Oui. Juste à ma meilleure amie.

— D'accord. N'en parlons plus. François comprit de quelle manière la rumeur s'était répandue en ville... Vous allez apprendre par les médias tout ce que je viens de vous dire au sujet de la procédure et la nomination du juge d'instruction. Ne vous en formalisez pas. Sachez qu'il n'y a rien de changé concernant l'action sur le terrain. Il était important que je vous le dise. Pensez-vous que je puisse joindre votre époux au travail ?

— Oui, bien sûr, voici sa ligne directe... mais vous ne lui dites rien pour l'escroc, n'est-ce pas ?

— Non. N'ayez crainte. Il est seulement important que nous ayons tous le même degré d'information.

François choisit de ne pas lui parler de l'autre rumeur. Elle souffrait déjà suffisamment. Il lui parut inutile d'en rajouter. Il pensa plus judicieux d'attendre le retour de Phil et de rencontrer l'époux. Il raccompagna la femme vers le parking en s'efforçant de la rassurer et de lui faire garder confiance. Il la sentait prête à s'effondrer.

V

Lundi 10 mai, après-midi.

Phil appela François pour l'informer qu'il arriverait plus tard. Il travaillait avec les collègues qui s'étaient chargés de l'affaire de pédophilie et venait d'en rendre compte au patron.

Par précaution, il était envisagé de déclencher une vaste opération de perquisition, dès que le procureur aurait donné le feu vert.

— Dans le même temps, nous allons avoir le soutien de l'armée, des pompiers et des plongeurs pour fouiller l'Odet. Un hélicoptère va effectuer une inspection des cours d'eau et étendues d'eau avec des embarcations. Une brigade cynophile va être missionnée pour examiner les berges de la rivière et les affluents. Et toi, avec la mère ?

— Je te raconterai…

L'enlèvement devenait au fil des heures, l'hypothèse la plus vraisemblable.

Vers quatorze heures, le beau-père d'Erwan fit son arrivée à l'instar de son épouse, afin d'éviter toute indiscrétion. L'homme supportait mieux le choc que la femme. Il reconnaissait que le fait d'avoir repris le travail l'aidait beaucoup à surmonter l'angoisse latente que l'on subit de plein fouet en restant à la maison à attendre.

L'homme s'installa et accepta le café que François venait de lui proposer.

— Avez-vous vu votre épouse à l'heure du déjeuner ?

— Oui. Bien sûr.

— Vous a-t-elle évoqué notre entretien ?

— Oui. Avec difficulté. Je pense avoir compris… Elle m'inquiète, si cela devait durer longtemps encore, je devrai la faire hospitaliser pour qu'elle se repose… Elle va devenir folle, si ça continue…

François lui développa à nouveau, dans le détail, tout ce qu'il avait expliqué le matin même à son épouse, concernant l'évolution des procédures. Ces informations étant communiquées, le beau-père d'Erwan paraissait bien accepter la discussion. François se sentit cette fois plus à l'aise pour aborder la deuxième rumeur circulant en ville et pour laquelle Phil venait de déclencher tout un champ d'action en accord avec le patron, le magistrat instructeur et le procureur.

Personne ne voulait prendre le moindre risque de négliger le détail qui pourrait leur être reproché plus tard, selon l'issue de l'enquête. Les nombreuses affaires qui se développaient en France à un rythme effréné n'arrangeaient rien à cette disparition.

— Erwan, en dehors de la bande dessinée, se passionne pour les tags et les graffs, c'est bien cela ? demanda François.

— Oui, tout à fait. D'ailleurs, je crois que, lorsque vous êtes venus à la maison, vous avez découvert un de ses sacs de graffeur.

— Un de ses sacs ? Qu'entendez-vous par là ?

— Eh bien, ma femme ne vous l'a pas dit ? Erwan possède le petit sac que vous avez vu dans sa chambre. C'était le premier équipement de ses débuts dans le tag. Ensuite, et surtout depuis un an, Erwan a réalisé des graffs et participé à l'élaboration de fresques, le plus souvent commandées par des collectivités locales, des dancings, des clubs sportifs et j'en passe. Pour cela, il dispose d'un deuxième équipement plus complet, plus sophistiqué aussi, qui ne quitte pas le coffre de son scooter. Je lui ai d'ailleurs offert aussi une valisette rigide, fixée sur le porte-bagages arrière de son engin, pour qu'il puisse disposer de plus de place.

— C'est très important ce que vous venez de dire. Mon collègue, le lieutenant Phil Bozzi et moi-même, pensions qu'il n'avait pas emporté son matériel puisqu'il se trouvait dans sa chambre et qu'il n'était donc pas parti dans le but de faire des tags ou des graffs, par exemple…

— Non. Pas du tout. Il avait ce qu'il fallait et, si toutefois, il devait participer à des travaux de ce genre, ce que nous ignorons car il ne nous a rien dit quant au motif de son absence, il pouvait parfaitement le faire. Par contre, ce qui nous a surpris, c'est qu'il ne soit pas passé par la maison pour déposer ses affaires d'école, bien que, le vendredi, il ait peu de cours et que ses documents soient peu encombrants.

— Il vous disait habituellement quand il participait à des travaux ?

— Oui, toujours. Il en était très fier car il travaillait avec des personnes beaucoup plus âgées que lui. Parfois il percevait quelque argent pour se racheter le matériel nécessaire, les bombes surtout. Car, maintenant, il n'est plus question d'utiliser n'importe quel type de peinture. Les références sont bien définies et respectent certaines compositions, d'où des coûts plus élevés…

— Je m'en doute. Erwan faisait-il partie d'un ou de plusieurs groupes ?

— D'un, sûr ! De plusieurs peut-être…

— Lequel ou lesquels ?

— Je l'ignore.

— Mais je croyais qu'il vous disait tout et que vous vous entendiez très bien, que vous étiez très complices…

— Oui, c'est exact pour tout ce qui concerne la bande dessinée. Nous partageons la même passion. Par contre, tout ce qui est graff, c'est son jardin secret, dans lequel je ne suis jamais entré d'autant que cette expression graphique ne m'intéresse pas. Mais j'ai toujours respecté ce qu'il fait. Il me montre souvent des photos des travaux auxquels il a participé, mais je ne cherche pas à en savoir davantage.

— Faites appel à votre mémoire. Vous souvenez-vous d'une réalisation récente ?

— Je sais qu'il est allé plusieurs fois sur Concarneau. Il nous a souvent parlé d'un type qui les encadre et pour lequel il a une certaine admiration car il lui a appris énormément. Mais je suis incapable de vous en dire plus.

— Concarneau, me dites-vous ?

— Oui, il faudrait voir avec la mairie je crois…

— Bien, c'est intéressant, je vais me renseigner de ce côté-là. Comment fait-il pour trouver l'argent nécessaire à la réalisation de ses graffs ?

— Erwan n'est pas un garçon dépensier ni exigeant. Il ne sort pas beaucoup, ne fréquente pas les bars ni les boîtes, contrairement à la plupart de ses copains, alors nous avons toujours satisfait à ses demandes. Nous ne lui avons jamais rien refusé et je puis vous dire qu'il n'en abuse pas. Pendant les vacances scolaires, sa fierté est d'effectuer des petits boulots : par exemple, se lever à quatre heures du matin pour recharger les rayons dans les grandes surfaces, participer la nuit, dans des élevages, au chargement de poulets ou de dindes dans les caisses pour l'abattoir ou encore, dans la journée, participer à la coupe de brocolis ou la plantation de céleris dans les fermes des environs de Quimper. Vraiment, Erwan est un garçon attachant et je l'aime autant que mes deux filles.

L'homme rechercha rapidement son mouchoir dans sa poche pour essuyer discrètement une larme et en profiter pour se moucher. Son accent de sincérité ne laissait pas de place au doute. François chassa l'idée qui avait traversé son esprit un instant, consistant à chercher d'abord auprès des proches…

— Je voudrais que nous revenions sur plusieurs points. Une chose me surprend, vous nous dites que vous satisfaisiez à tous les besoins d'Erwan et vous ne lui offrez pas de portable, étonnant non ? La carte, ce n'est pas un peu ringard aux yeux des copains ?

— Non, pas du tout, et vous savez bien pourquoi !

— Excusez-moi, mais je ne vois pas… se contenta de répondre François, perplexe.

— Vous savez très bien qu'à la sortie du lycée, et pas seulement de celui qu'il fréquente, des bandes organisées font du racket et le principal objet de convoitise du moment est le téléphone portable. Je ne parlerai pas des vêtements ou des objets de marque parce que, là aussi…

— Je n'ai jamais rien entendu de pareil et je ne crois pas avoir de nombreuses plaintes dans ce sens, coupa François tout net, voyant très bien où il voulait en venir, mais ce n'était pas le moment dans ce genre de discussion…

— Évidemment ! La petite poignée de Maghrébins et les quelques Manouches qui se livrent à ce genre de jeu exercent une telle pression sur les jeunes que ceux-ci se contentent de dire qu'ils ont perdu leur appareil plutôt que de s'exposer à des représailles. L'homme se montra alors arrogant. Le problème, actuellement, c'est que la police ne touche ni aux hommes de couleur, ni aux Maghrébins, ni aux Manouches ! Tout ce petit monde qui fout le bordel en France bénéficie d'une immunité totale, ça en devient révoltant...

— Je ne vous permets pas de dire cela ! coupa net François, voyant venir le type de commentaire, malheureusement très en vogue depuis quelque temps. Ceci relève de discussions de comptoir sans fondement et je ne vous autorise pas à les colporter. Une seule affaire nous préoccupe au plus haut niveau actuellement, c'est celle d'Erwan et je vous demanderai d'éviter ce genre de diversion...

— Excusez-moi, mais je commence aussi à être à cran ! se reprit l'homme.

François en profita pour aller droit au but, au vu des réflexions qu'il venait de se permettre, pas question de le ménager, il décidait d'aller à l'essentiel.

— Je ne vais pas aller par quatre chemins. Une rumeur semble se développer sur la ville, laissant penser qu'Erwan serait parti de son plein gré rejoindre un mystérieux groupe de pédophiles, question de se faire de l'argent de poche pour s'acheter du matériel, qu'en pensez-vous ?

L'homme se figea. Son visage devint subitement cadavérique, au point que François crut un instant qu'il allait se trouver mal.

Comment allait-il réagir ? Il garda le silence un instant. Puis baissa la tête avant de la prendre entre ses deux mains, les coudes sur les genoux. François revint doucement à la charge.

— Alors, si vous m'en disiez un peu plus ?

— J'veux pas… j'veux pas que mon épouse soit au courant… Elle ne supporterait pas…

— Soit au courant de quoi ?

— Un homme m'a contacté au bureau. Il m'a dit qu'il détenait des informations précises sur Erwan.

— Et pourquoi ne pas m'appeler aussitôt ? Nous l'aurions cueilli avec vous et aurions vérifié ses informations. Expliquez-moi comment ce contact s'est établi…

— Il m'a donné rendez-vous au buffet de la gare à Quimper. Il s'est présenté comme le plus grand expert en réseau de pédophilie en France, à l'origine de tous les démantèlements actuellement connus du public. Il m'a montré un dossier et quelques photos, sur l'une d'elles, il prétendait qu'il s'agissait d'Erwan participant à une soirée à Quimper. Le cliché n'était pas très net et, comme je ne voyais pas son visage, ceci m'a paru possible. Il m'a proposé de récupérer Erwan si je lui versais deux mille euros. Une fois qu'il serait en sécurité, il travaillerait avec la police pour déclencher les arrestations. Mais je devais faire vite, très vite, car la moindre fuite de cette information mettait Erwan en danger. Je voulais faire plaisir à mon épouse et lui faire la surprise, alors je suis allé retirer deux mille euros à ma banque et je les lui ai donnés. Comme, de toute façon, après, la police serait informée, je pensais que c'était ce qu'il fallait faire !

François resta silencieux, fixant l'homme qui venait de relever la tête, en plein désarroi.

— En avez-vous parlé à des amis ?

— Oui, à des collègues au travail. L'un m'a dit que j'avais bien fait, l'autre que j'aurais dû avertir la police aussitôt.

— Le deuxième avait raison… Et depuis ?

— Rien ! Mais il ne faut rien dire à ma femme. Je ne veux pas qu'elle sache.

— Bon, nous ne sommes pas plus avancés. Cette rumeur s'est développée sur la ville au point que nous venons de reprendre un dossier concernant une affaire de pédophilie dans la région et avons déclenché des recherches approfondies sur l'Odet. Nous procédons à certaines vérifications d'emploi du temps auprès de personnes figurant dans notre fichier…

— C'était donc vrai !

— Non, pas du tout, je n'ai pas dit cela ! Mais sachez que nous exploitons la moindre information et, malheureusement, ce genre de piste, quand elle s'avère fausse, ne fait que nous retarder et nous disperser dans notre enquête. Mais, bon Dieu, c'est terrible que vous écoutiez le premier charlatan qui passe sans en avertir la police ! Comment faudra-t-il vous le dire ?

— Je suis désolé. J'y ai cru, vous savez, et, si ça avait marché, ma femme aurait été si contente de retrouver Erwan…

— Je sais, je comprends, n'en parlons plus. Je vais vous demander d'aller dans le bureau de mon collègue, il va prendre votre déposition et le signalement de l'individu. S'il est venu en train, peut-être pourrons-nous le voir sur les caméras de télésurveillance de la gare, sinon, les chances de le retrouver seront minimes… En ce moment, il doit plumer une autre victime, quelque part en France et vivre la grande vie…

— Vous me promettez… pour ma femme…

— N'ayez crainte. L'important c'est de tout faire pour retrouver Erwan, c'est la seule chose qui compte vraiment.

François se borna à lui rappeler quelques consignes et l'accompagna au bureau du collègue. Il se rendit aussitôt chez le patron pour lui rendre compte. Puis se remit à la centralisation des informations et des vérifications remontées par le biais du numéro vert.

Il appela la mairie de Concarneau. La communication fut dirigée vers l'Espace Jeunes. Son nouvel interlocuteur lui expliqua que la municipalité confiait à de jeunes graffeurs la possibilité de repeindre les abribus. Un professionnel les encadrait. Le résultat s'avérait particulièrement intéressant. Il obtint les coordonnées du professionnel. Il s'appelait Antoine.

Ce dernier, d'un abord sympathique au téléphone,

accepta aussitôt la rencontre pour le lendemain matin, à dix heures, à la terrasse d'un café, face au beffroi de la Ville Close.

Tard dans la soirée, Phil appela François pour l'informer que les recherches allaient être interrompues avant la nuit.

Plusieurs centaines d'hommes : militaires, gendarmes, pompiers et bénévoles de l'association, auxquels s'ajoutaient tous les moyens techniques, hélicoptère et chiens par exemple, avaient passé l'Odet au peigne fin, sans rien découvrir. Les descentes impromptues chez des personnes fichées n'avaient donné aucun résultat non plus, impossible de trouver le moindre indice.

Avait-il fait tout cela pour rien ? Simplement sur une rumeur ?

Il était près de minuit quand ils se retrouvèrent au bureau du patron pour établir un ultime point de la journée.

— Rien ! Nous n'avons rien ! Il ne s'est tout de même pas envolé ni évaporé, ce gamin ! finit par dire Yann Le Godarec, excédé.

— Non. Mais un gamin qui part en scooter et dont on s'inquiète deux jours après seulement, il peut être dans n'importe quel coin de la France ou ailleurs. Déjà, quand nous voyons les récentes disparitions qui ont eu lieu sur un territoire très petit et pour lesquelles l'alerte a été donnée dans les heures qui suivaient, les difficultés qui se présentent… Alors, dans notre cas, autant chercher une aiguille, non pas dans une botte mais dans une meule de foin !

— Et les appels sur la ligne verte ?

— Toujours les mêmes résultats, personne n'a réellement rien vu ou tout le monde a vu n'importe quoi !

— Vous n'ignorez pas que les instances supérieures veulent des résultats, des pistes, des signalements, des présomptions... Je ne sais pas, essayez de trouver quelque chose... un portrait robot rassurerait autant la hiérarchie que l'opinion publique...

— Nous ne pouvons inventer des indices destinés à rassurer l'opinion...

Contrariés et terriblement déçus, ils se levèrent après un ultime commentaire de Yann Le Godarec qui tint à préciser cependant qu'il savait que chacun faisait son possible, mais qu'il espérait rapidement du concret.

Chacun vivait avec à l'esprit cette affaire et ne retrouverait pas la paix tant qu'il n'aurait rien découvert.

Ils se séparèrent et regagnèrent leur bureau. Debout devant la fenêtre, François était songeur, ébranlé par cette enquête. Phil lui parlait en ramassant ses affaires, mais ses paroles ne lui parvenaient que de loin.

Il ferma les yeux et inspira profondément pour s'obliger à se calmer.

Ils savaient tous les deux qu'une affaire très médiatisée pouvait parfois bâtir une carrière, mais, le plus souvent, elle la détruisait, si les officiers de police judiciaire, chargés de l'enquête, ne parvenaient pas à trouver de solution.

Plus bas, dans la rue, même les lumières des lampadaires manquaient de conviction. Certains d'entre eux étaient défaillants et laissaient filtrer une lumière incertaine sur les véhicules alignés le long des trottoirs.

VI

Mardi 11 mai, matin.

A l'heure convenue, Phil et François s'installèrent à la terrasse du café concarnois qui faisait l'angle de la rue menant à la mairie. L'air était délicieusement doux. De l'autre côté de la place et de la rue, le beffroi de la Ville Close se reflétait dans les eaux tranquilles du port, hautes à cette heure. Le courant et les remous sous le pont torturaient ses reflets. Le ciel bleu se rayait seulement de quelques vols lents de mouettes rieuses dont les cris donnaient au lieu son charme si particulier. Au loin, un chalutier quittait le chenal du port et passait devant l'école de pêche avant de tracer sa route en direction des Glénan et du grand large. S'il n'y avait pas cette affaire, ils auraient pu apprécier ce moment de bonheur simple et la beauté de cet endroit. En réalité, ils regardaient tout cela sans rien voir vraiment.

En venant, Phil avait proposé à François de mener l'entretien.

François éprouvait une certaine hostilité pour ce type d'expression graphique et, des réflexions mal appropriées risquaient de nuire au dialogue… Inutile d'envenimer la situation pour rien. Phil souhaitait, lui, s'informer, persuadé que c'était l'unique voie pour retrouver Erwan.

Un jeune homme s'approcha d'eux, muni d'un porte-documents. Il correspondait au descriptif qu'il avait donné de lui-même au téléphone. De taille moyenne, un collier de barbe de quelques jours et une moustache tout aussi jeune.

Il enleva sa casquette noire, découvrant des cheveux courts. Des lunettes claires lui donnaient un air d'enseignant nouvelle génération. Il avait le regard vif. Sweat et jean complétaient cette allure décontractée mais sportive. Ils se levèrent, se saluèrent et se présentèrent brièvement. Les cafés commandés, Phil prit l'initiative des opérations.

— Notre rencontre répond à plusieurs objectifs. Tout d'abord, quand vous vous serez présenté, nous souhaitons que vous nous expliquiez ce qu'est le tag, le graff et tout ce que ce mouvement représente. Ensuite, nous aborderons un autre sujet avec vous… sachant que nous vous demandons d'oublier que nous sommes officiers de police judiciaire. Notre entretien est strictement confidentiel. Sommes-nous d'accord ?

— D'accord. Je suis actuellement professionnel et je vis des cours que je donne, des animations qui me sont confiées dans les Maisons de Jeunes, comme ici à Concarneau. Je réalise aussi des fresques sur commande. Bref, j'ai une activité très diversifiée, mais plutôt que de vous parler de ce que je fais, je vous propose d'abord de vous faire un petit historique du mouvement.

— Très bien. C'est ce que nous recherchons.

— Tout d'abord, le graffiti est quelque chose de très paradoxal parce que c'est à la fois un délit et un art. Disons qu'il s'est développé au début des années soixante-dix à New York. Deux individus, pour sortir de leur ghetto du Bronx et défier les interdits, ont lancé un nouveau mode de communication, les premiers tags…

— Pouvez-vous nous définir ce qu'est un tag ?

— Schématiquement, je dirais que c'est une signature calligraphiée, exécutée d'un trait, d'une manière rapide, sur tout support. Il s'agit presque toujours d'un pseudonyme. Aux États-Unis, les tags ont envahi la rue, les friches industrielles, les terrains vagues, les murs de toutes sortes pour déborder sur les rames de métro puis les trains, ces derniers supports représentant un véritable accélérateur de la communication…

— Et le graff ?

— Je commencerai par préciser qu'un tagueur n'est pas forcément un graffeur tandis qu'un graffeur a souvent été un tagueur. Le graff est une forme beaucoup plus évoluée et élaborée du tag. Il comporte plus de lettres, de formes ou de dessins et utilise différentes couleurs. Il permet d'évoluer vers des fresques, nous sommes cette fois dans l'art. Nous partageons une même passion, être dans la rue et peindre sur les murs, que ce soit une fresque élaborée, un tag, un logotype ou autre signe.

— Et en France ?

— Bando, c'est son pseudonyme, inspiré du mouvement new yorkais a créé, presque aussitôt, un style européen. Il faut dire que ce développement graphique allait de pair avec la danse hip hop, le mixage-platine des DJ, le break dance, le rap... À l'origine, tout ceci était fédérateur pour la jeunesse. Aujourd'hui, je dirai que c'est plus indépendant, c'est un moyen de s'affirmer à sa manière auprès d'un public d'initiés...

— Oui, mais de quelle manière ? En développant l'incivilité, l'insécurité ? Vous trouvez qu'une rue complètement taguée inspire un sentiment de sécurité ? lança François, un peu durement. Il regretta aussitôt ses paroles.

Un silence lourd de réprobation suivit. Phil fit signe à François de le laisser parler avec Antoine et de ne plus intervenir. Phil aurait voulu lui rappeler qu'ils n'étaient pas là pour porter un jugement mais pour apprendre et comprendre. Ce n'était pas en exprimant du mépris qu'il allait faire avancer les échanges... Antoine se sentit, malgré tout, obligé de répondre à François.

Il soupesa soigneusement sa réponse et prit une profonde inspiration avant de la formuler :

— Je sais qu'il existe encore beaucoup d'a priori parce que des marginaux dégradent et ont des débordements très contestables sur Paris, au point que ceci est assimilé au problème des banlieues. Il faut aussi dire que braver l'interdit, avec les risques d'être arrêté et condamné, est une des motivations du milieu. Il faut savoir qu'à Versailles, environ soixante-dix personnes, originaires de toute la France, ont été mises en examen dans le cadre d'une enquête débutée en 2001… Le problème, c'est qu'il n'y a aucune tolérance et les peines sont généralement disproportionnées et ne tiennent pas compte des gens concernés. Depuis quelques années, on interdit tout et le milieu du graff se trouve pénalisé.

— Nous ne sommes pas dans la capitale. Comment se passent les choses dans notre région ? reprit aussitôt Phil afin de revenir à un échange plus amical.

— Plus de quatre-vingts pour cent des passionnés sont intégrés socialement. Toutes les origines sociales se confondent. Certains suivent une formation en graphisme ou aux Beaux-Arts, d'autres sont autodidactes. Dans mes amis pratiquants, certains sont coiffeurs, ouvriers, employés de banque et que sais-je encore… L'outil de prédilection reste la bombe et nous utilisons le type de peinture autorisé. Les meilleurs évoluent vers la peinture, la déco ou la fresque. L'art des fresques murales colorées est sorti de la clandestinité pour s'afficher. Les municipalités sont demandeuses, ne serait-ce que pour les ateliers de

MJC, les Maisons des Jeunes et de la Culture. Une démarche pédagogique se développe. Nous voulons embellir les villes, pas les enlaidir ! Les commerçants, les clubs sportifs, les dancings viennent de plus en plus vers nous… Certains d'entre nous se découvrent des prédispositions pour l'aérographie…

— De quoi s'agit-il ?

— C'est l'utilisation d'un pulvérisateur. Le fait d'injecter de l'air et du produit, de la peinture automobile ou même du colorant alimentaire que l'on dose en fonction de l'effet désiré. Il est possible d'arriver à faire des traits de l'épaisseur d'un cheveu ! L'aérographe est d'ailleurs l'un des outils préférés des publicistes, des dessinateurs ou des illustrateurs de cinéma. Le pinceau crée du relief, l'aérographie non et nous pouvons donc ainsi jouer sur les dégradés dans une logique de trompe-l'œil. Objectivement, c'est hyper passionnant ! Vous avez certainement remarqué des voitures ou des cabines de gros camions décorées de cette manière ?

— Effectivement, je suis toujours émerveillé par la qualité des dessins et des peintures !

Antoine manifesta un sourire satisfait.

Il s'adressa uniquement à Phil ensuite, durant l'entretien.

— C'est du grand art, l'aérographie a le vent en poupe. Pour continuer dans les évolutions possibles, suivent également la BD, le tatouage et j'en oublie. Mais, comme partout, seuls les meilleurs sortent du lot, mais c'est la même chose dans tous les domaines, que ce soit du football ou de la musique…

François se contentait d'écouter, sans intervenir. Il nota sur son bloc, évolution vers la BD, en repensant au jeune Erwan. Après un silence, Antoine reprit.

— Nous sommes toujours dans une perspective artistique même si nous ne quittons jamais totalement nos terrains vagues, nos friches industrielles, les murs abandonnés… Les jeunes désargentés volent leur matériel et l'argent de poche nécessaire pour acheter les bombes. Chacune coûte de trois à quatre euros minimum. Ceci discrédite le mouvement, comme toujours. Ce sont des minorités, mais elles ternissent l'image. Ah, j'oubliais aussi les évolutions récentes, la 3D fait également son apparition pour devenir prépondérante. Certains utilisent même des logiciels d'architecte ou se dirigent vers la sculpture.

— En dehors du domaine artistique, le graff est-il décliné dans différents domaines ?

— Oui. De plus en plus, je vous l'ai dit tout à l'heure, le graff est un phénomène paradoxal. Il existe une espèce d'hypocrisie, car on se plaint des graffs alors qu'en même temps cela fait vendre, jusqu'à la SNCF qui a fait graffer un train et a publié cette image dans sa brochure d'information ! C'est aussi vrai pour les vêtements, les chaussures, les cartables scolaires, les sacs, les emballages de produits alimentaires, les supports publicitaires, les stickers… jusqu'aux papiers peints pour les chambres des jeunes… Le graff est partout aujourd'hui. De nombreux festivals se développent, comme celui d'Angoulême pour la BD. Les plus importants sont ceux de Bagnolet, le "Festival International de graffiti Kosmopolite", de Montpellier et celui de Dunkerque avec une compétition d'envergure européenne. Au même titre que la peinture sur toile, des expositions dans les galeries font également leur apparition. Tout récemment se tenait à Orléans l'expo "Galerie Wall" qui montrait tags, graffs, fresques, post-graffiti de la new school... Mieux, le graff commence à trouver sa place dans les musées français ou étrangers comme art urbain et populaire ! Mais je vous ai apporté quelques exemplaires du magazine *Graff it !* Ceci vous permettra de découvrir un peu mieux ce monde. En réalité, l'inscription sur un mur est un acte humain qui existe depuis la nuit des temps. Le milieu graffiti est une culture à part entière, il joue un rôle intéressant dans la société car il sait rendre le quotidien des gens plus coloré !

Phil prit les magazines en se souvenant de les avoir vus dans la chambre d'Erwan. Il commença à les feuilleter, découvrant des chefs-d'œuvre très colorés.

Antoine apporta son commentaire ici ou là, au fil des pages. Il évoqua aussi la déontologie du mouvement, le respect des surfaces, le respect des anciens. Le courant passait avec le lieutenant... Phil considéra le climat établi comme propice pour aller plus loin et dériver progressivement vers le but essentiel de la visite.

— Le graffeur travaille-t-il seul ?

— Le tagueur, oui. Le graffeur, rarement. Par affinité de style, ils se regroupent pour former un collectif.

— Un collectif ?

— Oui. Disons un groupe si vous préférez, un peu comme en musique, on forme des groupes de rock à trois, quatre, cinq ou plus, parce qu'il est nécessaire d'associer plusieurs instruments différents ; dans le graff, c'est pareil.

— Avez-vous fait partie d'un collectif ?

— Oui, bien sûr. Je fais encore partie d'un groupe. C'est indispensable pour la motivation, la stimulation et l'évolution de notre style pour progresser. Nous apprenons sans cesse par les autres d'autant que les astuces techniques se transmettent oralement.

— Je comprends, ceci m'amène à la deuxième partie de notre entretien. Connaissez-vous Erwan…
Phil n'eut pas à terminer sa question qu'Antoine précisait :

— Le jeune dont la presse évoque la disparition et dont on serait sans nouvelles depuis une dizaine de jours ?

— Oui. C'est tout à fait ça. Vous le connaissez ?

— Oui. Je l'ai côtoyé. Il est brillant, ce jeune homme. Il a du talent et de l'avenir. Il fait partie de ces jeunes qui apporteront beaucoup au mouvement en sérieux et crédibilité. Je l'ai eu comme participant à des groupes de travaux organisés par une collectivité et je l'ai revu très souvent ensuite car il est membre d'un collectif très prometteur.

— Connaissez-vous les membres de ce collectif ?

Antoine s'enferma aussitôt dans un mutisme. Il baissa la tête et ne semblait plus vouloir s'exprimer.

— Nous rencontrons ses parents depuis le début de l'enquête. Ils sont effondrés. Nous nous sommes rendus au lycée qu'il fréquentait. Des appels ont été lancés, y compris par le biais du magazine de l'école, en garantissant pourtant une totale discrétion. Personne ne s'est manifesté concernant ses activités dans le graff ou le tag…

— Personne ne s'adressera à la police. C'est verrouillé. Moi, je ne peux rien vous dire. Je suis désolé, dit-il en relevant la tête pour affronter le regard de Phil.

— Mais, pourquoi ? Un jeune homme est peut-être en danger si nous ne le retrouvons pas. Nous sommes persuadés que cette disparition est liée à l'art qu'il pratique. C'est très grave… Quelle est la raison de ce blocage ?

— Il y en a de nombreuses. La principale concerne la guerre sans merci que la police livre aux graffeurs. Depuis le début de l'année, la répression s'intensifie. Il est vrai que les graffeurs sont plus faciles à attraper que des dealers ou des braqueurs. Vous n'ignorez pas qu'il y a trois semaines environ, un drame sans précédent s'est produit en Ile-de-France. Un jeune graffeur s'est noyé dans les eaux de la Marne sous les yeux des policiers qui le pourchassaient. Je n'ai aucune envie de polémiquer sur cette affaire en cours d'instruction, mais ceci ne me paraît pas de nature à établir des relations saines entre le mouvement et la police. D'un autre côté, ce drame illustre bien l'incompréhension de la société à notre égard. La Ligue des Droits de l'Homme dénonce d'ailleurs la lenteur de l'enquête et va appeler, avec la famille, à manifester en septembre prochain à Paris.

— Je comprends. J'ignore les conditions dans lesquelles les événements se sont déroulés. Mais, nous se sommes pas à Paris ni dans la couronne francilienne. Vous et les graffeurs de la région, vous travaillez sur des espaces autorisés. Vous êtes honnêtes, sérieux et tous socialement intégrés, vous l'avez dit. Je vous demanderai à mon tour de ne pas faire d'amalgame. Personne n'est au courant de notre démarche d'aujourd'hui. Personne, pas même le procureur… vous m'entendez ?

— Oui, je vous écoute…

— Alors, si vous voulez sauver un bon élément, plein d'avenir et qui fait partie des vôtres, je vous en supplie, pour le retrouver, donnez-nous le nom de son groupe ou au moins d'un de ses collaborateurs.

Un silence pesant s'installa.

François bouillait et une sérieuse envie de prendre

la parole devait le chatouiller. Phil le connaissait bien. Il le savait capable du meilleur… mais aussi du pire, en l'occurrence ce serait sans doute du pire. Du regard, il lui intima l'ordre de ne pas bouger et de le laisser faire. Phil reprit calmement :

— Antoine, vous êtes un homme intelligent. Vous venez de m'apprendre beaucoup de choses en peu de temps et nul doute que mon regard sera désormais différent sur ce mouvement artistique. Aidez-nous à sauver Erwan…

Le silence resta la seule réponse. Antoine se bloquait.

— Maintenant, si vous préférez le condamner à mort, plutôt que le sauver… A mes yeux, en tant que père de famille, ceci n'est pas acceptable.

— Non ! Il faut le sauver !

— Aidez-moi, dans ce cas.

— Vous me garantissez une discrétion TO-TA-LE ? insista-t-il.

— TO-TA-LE ! reprit Phil sur le même ton.

— Pour moi, mais aussi pour la personne dont je vais vous livrer le nom ?

— Évidemment, personne n'en saura jamais rien, promis, juré !

— Bon… Ils sont trois dans un collectif. Le pseudo ne vous apportera rien. Depuis quelque temps, il me semble qu'ils ne sont plus que deux… voici le nom de la personne la plus proche de lui, il s'agit de Kevin, voici son adresse à Quimper. J'ai bien votre parole ? reprit-il en griffonnant les coordonnées sur un papier.

— Je ne suis jamais revenu sur ma parole, Antoine, sinon, je ne serais plus digne d'être officier de police.

— Tous les officiers de police ne sont pas comme vous. Je vous fais confiance, j'espère que je n'aurai jamais à le regretter.

— Soyez sans crainte... Merci pour les parents d'Erwan. Bravo pour ce que vous faites et pour tout ce que vous nous avez appris...

Antoine s'éloigna tranquillement à pied comme il était venu. Phil le suivit des yeux quelques instants, songeur, jusqu'au moment où il tourna dans la rue des halles et disparut de sa vue. François s'impatientait déjà et se dirigeait vers la voiture garée sur la place devant l'hôtel de ville. Chacun restait enfermé dans son mutisme.

Phil, tout en conduisant, brisa ce silence désagréable alors que la voiture grimpait l'avenue de la Gare pour se diriger vers Quimper.

— Tu vois, François, c'est comme à Cannes-Ecluses, à l'école des officiers de police. Il faut privilégier le dialogue à l'agression frontale, même seulement verbale, en voilà l'exemple !

— Ouais... mais je ne suis pas d'accord !

— Ah ? Et comment aurais-tu procédé ?

— J'avais tout préparé pour l'aligner et je lui aurais fait cracher ce que je voulais...

François se saisit de son attaché-case, le posa sur ses genoux et sortit quelques documents.

— C'est-à-dire ? reprit Phil, curieux de connaître ce que son collègue avait fomenté de son côté.

— J'avais recherché des infos avant de venir. Je lui collais les articles 322-1, 322-2 et 322-3 du code pénal qui dit que « la destruction, la dégradation ou la détérioration d'un bien appartenant à autrui est punie de deux ans d'emprisonnement et de trente mille euros d'amende, sauf s'il n'en est résulté qu'un dommage léger. Le fait de tracer des inscriptions, des signes ou des dessins, sans autorisation préalable, sur les façades, les véhicules, les voies publiques ou le mobilier urbain est puni de trois mille sept cent cinquante euros d'amende et d'une peine de travail d'intérêt général lorsqu'il n'en est résulté qu'un dommage léger. Ces peines peuvent être portées, selon les circonstances, à cinq ans d'emprisonnement et soixante quinze mille euros d'amende ! », voilà ce que je commençais par lui balancer dans la figure et, s'il ne bronchait pas, je le convoquais au commissariat et là…

— Stop ! Tu provoques l'escalade et tu crois ensuite que les relations vont s'établir ? Tu n'es pas content de l'entretien que nous venons d'avoir ? Tu n'as pas appris des choses ? Moi, si !

— Je m'énervais de te voir prendre des gants…

— Ce n'est pas le bon terme. Ce jeune homme est un type bien. J'ai du respect pour lui et je crois qu'il serait bon que tu fasses la différence entre certains loubards qui ne respectent rien, ne bossent pas, vivent de rapines qu'ils rallongent avec le RMI, et des types comme lui…

— N'exagère pas tout de même !

— Je peux très bien avoir des enfants qui, un jour, voudront s'exprimer ainsi. La société évolue. Nous devons nous adapter et je ne veux pas passer à côté. Mes enfants sont nés avec la Nintendo 64, la Playstation 2 sans compter les jeux vidéo ou la centaine de canaux de la télévision, l'ordinateur individuel… je ne veux pas me situer sur une planète différente de la leur… Tu peux comprendre ça ?

Les borborygmes éructés par François, qui venait de recevoir une leçon, ce qui se produisait très rarement entre eux, pouvaient laisser penser qu'il comprenait et acceptait ce que venait de lui dire Phil. Ils s'aimaient bien tous les deux et avaient toujours très bien travaillé ensemble. Simplement, les mutations de la société les divisaient parfois.

Un silence pesant s'installa à nouveau. Phil sentit qu'il devait calmer le jeu avec François, inutile de le provoquer. De son côté, François se disait qu'il se montrait parfois un peu "brut de béton" et que, finalement, ce que Phil venait de faire n'était pas si mal. Ils devaient rapidement retrouver la sérénité. François fit le premier pas.

— L'important dans cette affaire, c'est d'avoir le nom…

— Oui. Peu importe la manière. On repasse par le commissariat ou on y va directement ?

— Il vaut mieux passer au bureau, pour le cas où il y aurait du nouveau, répondit François, la voix empreinte de résignation.

Moins d'une demi-heure après, ils regagnaient leur bureau.

Le temps de consulter la liste des numéros de téléphone à rappeler et de traiter quelques points, ils se retrouvèrent dans le bureau du patron. Celui-ci ne cacha pas son impatience et, à peine étaient-ils assis qu'il les questionna :

— Alors, ce matin ?

François se tourna vers Phil, le regard plein d'humilité, afin de le laisser s'exprimer. La gêne, née de l'algarade de la fin de matinée, ne s'était pas totalement dissipée.

— Je crois que, pour la première fois dans cette affaire, nous avons les coordonnées d'une personne très proche d'Erwan. Si nous n'avons pas là une vraie piste, je ne comprendrais plus rien à mon métier…

— J'espère que vous avez raison. J'ai besoin de l'un de vous deux en début d'après-midi pour la réunion de coordination avec la gendarmerie sur l'affaire. Qui de vous deux s'en charge ?

— Je veux bien m'occuper du jeune homme et, dans ce cas, François prend la réunion…

— D'accord, répondit aussitôt le patron. Faisons un nouveau point sur toutes les vérifications effectuées à partir des appels sur le numéro vert. D'ailleurs, j'ai appris que le nombre d'appels diminue sérieusement.

— Rien d'étonnant, au bout d'une dizaine de jours sans éléments nouveaux, la pression tombe naturellement, rajouta François pour participer au dialogue.

— Bon, rendez-vous ce soir à mon bureau pour recouper les infos ?

— OK !

Ils se levèrent et quittèrent aussitôt le bureau. Le temps d'avaler rapidement un sandwich et chacun vaqua à ses occupations.

VII

Mardi 11 mai, après-midi.

Seul dans sa voiture de service banalisée, Phil traversait Quimper pour se rendre chez le fameux Kevin. Il essayait de l'imaginer. Serait-il posé comme Antoine ? Serait-il complètement déjanté comme certains jeunes qu'il se souvenait avoir "serrés" suite à une plainte d'habitants d'un quartier pour des problèmes de tags sur des portes de caves ou les murs d'un couloir de sous-sol d'immeuble ?

Il repensait à l'entretien du matin, aux échanges qui avaient suivi avec François. Dans cette affaire, les activités les plus diverses se mélangeaient sans cesse. La veille, il participait à l'opération de fouille de l'Odet. Ce matin, il baignait dans le graff… Et Erwan dans tout cela ? Que devenait-il ? Tout au fond de lui-même, il priait encore pour une issue heureuse, que ce soit simplement une fugue, par exemple.

Sans le connaître, il commençait à éprouver de la sympathie pour ce gosse. Visiblement, il faisait l'unanimité.

S'il devait le définir, il le décrirait comme un jeune

homme discret, sérieux, travailleur, talentueux... Quoi d'autre encore ? Ah, si, attachant... Personne n'avait jamais évoqué le moindre point négatif contre lui. Comment avait-il pu disparaître de la sorte sans laisser la moindre trace, le moindre message ? Ces questions l'obsédaient de plus en plus et, lorsqu'il se réveillait la nuit, il éprouvait les plus grandes difficultés à retrouver le sommeil. Le sommeil... un sommeil souvent hanté de cauchemars sauf lorsque la fatigue le cueillait et qu'il sombrait totalement dans un repos récupérateur. Le rythme biologique imposait des limites. Le sentiment de vide qui s'emparait de lui depuis ces derniers jours était quelque chose de nouveau. Phil se sentit submergé par l'épuisement. Ses yeux le picotèrent, il dut lutter pour ne pas s'assoupir. Il profita d'un arrêt à un feu pour se frotter les yeux puis les fermer quelques secondes, ce qui le soulagea, avant de repartir.

L'adresse correspondait à un immeuble de standing de quatre ou cinq étages. Une végétation verdoyante débordait des différentes terrasses et surtout de celle du dernier étage. Des dalles gravillonnées claires recouvraient le sol conduisant du parking extérieur à l'entrée. Double porte en verre fumé, digicode. Il repéra le bouton de sonnette de son interlocuteur et adjura intérieurement que Kevin réponde... Une voix claire, à peine perturbée par les grésillements de l'interphone, se fit entendre. Phil se présenta. La gâche électrique de la porte d'entrée se déclencha.

La verdure des plantes dominait dans ce vaste hall d'entrée dont les miroirs amplifiaient les dimensions. Les boîtes aux lettres en bois verni s'alignaient parfaitement le long du mur sur la gauche. Phil remarqua l'ascenseur. Sans bruit et très souplement, celui-ci le déposa à l'étage demandé. Au moment même où il faisait les premiers pas sur l'épaisse moquette du couloir du palier, la porte d'un appartement s'ouvrit. Phil présenta sa carte d'officier de police judiciaire. Sans dire le moindre mot, l'homme s'effaça pour le laisser entrer.

Kevin devait avoir vingt-cinq ans environ ; blond, les cheveux courts, une boucle brillait à une oreille. Son visage ne daigna ni sourire ni exprimer la moindre émotion. Il portait une chemise blanche immaculée dont les manches étaient repliées presque jusqu'aux coudes et dont les pans descendaient librement sur un jean. Ses yeux bleus paraissaient contempler le monde avec candeur dans un visage aux traits réguliers. Son teint pâle, comme si l'on était encore au cœur de l'hiver, frappa Phil.

Ils pénétrèrent dans une grande pièce sobrement meublée. Un grand canapé d'angle en cuir permettait d'avoir une vue sur la terrasse à travers l'immense baie vitrée. Des plantes vertes occupaient l'essentiel de cet espace. Certaines taillées en boules posées à même le sol, d'autres, des jardinières accrochées à la rambarde du balcon, déversaient des cascades de feuilles jusqu'au sol. Un autre plant aux longues feuilles élégantes, s'évasait harmonieusement en angle. Un pot de lierre était installé derrière l'imposte. Au travers de certaines trouées de verdure, on apercevait au loin, plus bas, des maisons entourées d'arbres dont le feuillage formait une masse verte autour des murs blancs et masquait en partie le toit d'ardoises.

Dans la pièce, sur la droite, une glace montait presque jusqu'au plafond. Les murs, peints en jaune pâle, présentaient quelques tableaux d'art moderne aux cadres laqués de couleurs vives.

L'ambiance était feutrée et le décor de très bon goût.

— Asseyez-vous, je vous prie. Je vais me laver les mains… je travaillais…

Kevin disparut. Phil disposa d'un peu plus de temps pour découvrir les lieux. Un confortable arrangement d'objets de valeur et d'objets bon marché rendait ce logement chaleureux et sans prétention. Une étrange douceur de vivre y régnait. Kevin revint s'installer en face de Phil. Son visage semblait marqué par les coups durs de la vie et son regard paraissait doux et sans défense. Phil commença sobrement, sur un ton neutre :

— J'ai tenu à vous rencontrer dans un but précis. Mais avant, j'aimerais que vous vous présentiez et m'expliquie en quoi consiste exactement votre activité.

Phil savait que cette question qui permettait à son

interlocuteur de parler de lui, favoriserait un climat de confiance.

Kevin déclina son identité. Il venait d'avoir vingt-cinq ans. Son père avait quitté sa mère pour une femme bien plus jeune, depuis de nombreuses années, et vivait à l'étranger. Il n'avait aucune nouvelle de lui. Il ne l'avait pas revu non plus, il y a un peu plus d'un an, quand sa mère s'était tuée dans un accident de la route, victime d'un chauffard ivre venant en sens inverse sur une route de la région… Le conducteur s'en était sorti ; sa mère, non. Il exprima durant quelques instants toute la haine qu'il ressentait encore à l'encontre des conducteurs qui buvaient de l'alcool et prenaient le volant ensuite. Il ne s'attarda pas sur son père, il l'avait définitivement rayé de sa vie. Il occupait l'appartement que sa mère lui avait laissé. C'était le seul bien qu'elle possédait et il était fils unique. En quelques mots, il avait tout dit de son désespoir, de ses haines et de sa solitude.

Il avait suivi des études d'architecte, mais sa passion restait le dessin. Il avait décidé d'interrompre ses études lors du décès de sa mère. Bénéficiant d'un petit capital, il s'était installé en profession libérale comme graphiste. Il parlait calmement et, comme Phil l'avait escompté, il se détendait au cours de ses propos.

— Je travaille en free lance, chez moi, c'est l'idéal dans mon domaine. Cette activité m'absorbe énormément, plus de dix heures par jour et cinq à six jours par semaine ! Je réalise le graphisme de nombreuses marques pour des sociétés publicitaires. Ici, dans la pièce voisine transformée en atelier, je commence à avoir une activité soutenue. Je conçois aussi des étiquettes pour des boissons, des boîtes de conserves, des dessins pour des tee-shirts ou d'autres types de vêtements et je suis de plus en plus sollicité par des enseignes de toutes sortes. Je maîtrise parfaitement les logiciels professionnels d'architecture. J'apporte ainsi un plus de qualité à mes travaux.

— Vous ne faites que travailler ? Vous n'avez pas de passion, de hobbie, d'exutoire ?

— Je me passionne pour tous les courants graphiques liés aux mouvements musicaux. Cela me plaît car je peux ainsi faire communiquer les deux mondes qui m'intéressent le plus. Je crée aussi des affiches pour des groupes de musiciens que j'aime bien, pour des DJ, ou encore pour des festivals… L'architecture a ceci de commun avec le langage et la musique que tous trois servent l'expression de l'âme humaine…

— Et le tag, le graff ?

Un court instant, Kevin parut désarçonné. Troublé même. Cette fois, plus de douceur ni d'aménité dans le regard. L'affolement se lisait dans ses yeux. Et des questions. Son regard se perdit au loin, traversant Phil, cherchant en lui une réponse possible. Une assurance. Devait-il faire confiance ? C'était le chemin le plus difficile à faire. Il ferma les yeux une fraction de seconde. Puis se lança.

— Qui vous a conduit jusqu'à moi ?

— Ceci n'a aucune importance. Je suis là. Je vais avoir besoin de votre aide. Je fais une démarche personnelle et je voudrais qu'elle reste telle.

— C'est-à-dire ?

— J'ai besoin que vous me parliez de votre activité de graffeur… et d'Erwan aussi.

Tout à coup, il ressentit un sentiment écrasant de culpabilité. Il baissa la tête, se mordit même la lèvre, pour ne pas pleurer. Ses yeux se brouillèrent d'un voile de larmes impossibles. Il n'était plus que désespoir et accablement. Il enfouit sa tête dans la poitrine, les yeux larmoyants. Il n'avait plus la force de se montrer courageux. Phil sentit qu'il devait l'aider. Sur un ton plutôt amical, il reprit le dialogue :

— Parlez-moi d'abord de vos activités de tagueur et de graffeur, si vous le voulez bien…

— Comme beaucoup de jeunes, cela fait une dizaine d'années à présent, j'ai découvert la bombe… Après une pause et un silence, il continua : C'est une des meilleures choses qui me soit arrivée. Cela m'a donné le goût de creuser ma propre identité et de me connecter sur un tas de styles différents, tout en jouant sur l'environnement urbain. Pas de règle et tout va bien ! Ma démarche consistait à rentrer dans le monde de l'art, tout en restant présent dans la rue. Je connais par cœur les murs exploitables à Quimper et dans les environs, les friches industrielles du port du Corniguel ou de certaines zones commerciales, les transformateurs d'EDF, les bâtiments abandonnés, certains piliers de ponts, les murs qui longent les voies de chemin de fer. Il se défendit aussitôt, face au regard de Phil et à la question non formulée. Je n'ai jamais rien écrit sur les wagons et encore moins sur les vitres, je déteste ceux qui font ça… poursuivit-t-il.

— J'admire les graffeurs, les vrais. Et je sais que vous en faites partie. Quel est votre style dans ce domaine ?

Une sorte de confiance s'établissait entre Phil et Kevin.

Le sens de l'écoute de Phil et la profonde marque de respect pour ce que faisait Kevin facilitaient les échanges.

— Disons que je me situe à la frontière de l'abstrait et du figuratif et j'évite de tomber dans le morbide et le symbolisme qui ne m'intéressent pas. Je ne veux pas être dans ce type de représentation. Je me place ailleurs. Pour moi, pas de message, pas d'idéologie. Je veux recréer un univers, imaginer un monde ou encore me transporter dans des lieux qui existent mais que je ne connais pas, que je ne connaîtrai peut-être jamais et que je ne verrai que grâce aux documentaires de la télé, comme le Bronx et les fantasmes qui vont avec.

Il s'arrêta un instant et reprit :

— Je pense que les gens qui appartiennent à ce mouvement ont tous quelque chose à exprimer. Ils ne sont pas ordinaires… Nous avons une démarche différente de ceux qui veulent jouer au foot ou au tennis. Nous sommes des rebelles et cherchons quelque chose d'autre. C'est aussi une question d'environnement. Depuis plus d'un an, j'ai pratiquement arrêté les murs.

— Vous êtes resté dix ans dans le même mouvement ?

— Parfois, j'étais complètement dedans, d'autres fois, je m'en éloignais. Au fil des années, des choses m'ont frustré. L'unité que nous connaissions au départ a disparu. Quand j'ai commencé, nous revendiquions tous un peu la même chose... Puis, chacun a commencé à penser différemment. Certains avaient plus d'argent, d'autres plus de connaissances et, du coup, cela a créé des distances.

— Comment s'est défini votre style ?

— J'ai été influencé par trois artistes. Je passais beaucoup de temps avec eux à une époque. Je faisais des photos et j'essayais de recopier ce qu'ils faisaient. Peu à peu, je suis parvenu à quelque chose de personnel. Il n'existe pas de soutien dans ce domaine. Ni la famille ni l'école ne vous encouragent. Il faut avoir une certaine rage ; beaucoup abandonnent...

— Et comment se situe Erwan dans tout ça ?

— Je me doutais bien que vous finiriez par y revenir...

— Kevin... il faut que nous en parlions... il le faut...

— Je sais... Avez-vous retrouvé sa trace ?

— Non. C'est pour cette raison que j'ai besoin de vous. Vous comprenez ? Pour l'aider. Pour le sauver. Pour qu'il retrouve sa famille. Sa mère est folle d'inquiétude et de désespoir… Parlez-moi de lui comme graffeur…

Phil utilisa ce biais, car il sentait bien que Kevin ne pouvait s'exprimer librement qu'à partir de sa passion. Il pensa une fraction de seconde à François, il n'aurait jamais accepté de passer tout ce temps sur un tel sujet ! Il aurait explosé dix fois et tout expédié manu militari ! Quant à lui, Phil devinait la relation sans doute intime qui devait unir Erwan et Kevin. Déjà Kevin reprenait :

— C'est un autodidacte de talent. Chez lui, le coup de main est inné. Du grand art. Il est capable de faire les choses comme si elles venaient toutes seules. Je l'ai vu me présenter un dessin, un plan, une idée… Ensuite, il se concentrait sur ce qu'il allait créer. Face au mur, il était tendu et ne faisait jamais exactement ce qu'il avait prévu. À chaque fois, c'était ce qui venait du fond de lui-même, ce qui sortait de son inconscient et qui se prolongeait directement dans son bras ! Ensuite je rajoutais des éléments pour compléter sa réalisation. Nous formions un collectif à trois. Mais le troisième a quitté la région. Nous n'avons plus eu de ses nouvelles et ignorons où il se trouve. Nous n'avons pas voulu le remplacer. Nous nous sommes retrouvés tous les deux… Et, comme depuis un an, je m'occupais moins des murs et de la rue, Erwan passait me voir. Nous nous côtoyions beaucoup. Il me montrait ce qu'il arrivait à faire. Moi, je lui enseignais ce que je savais. Erwan et moi avions des points communs : un parent disparu tragiquement, une même passion et bien d'autres choses encore, notamment la BD, pas pour la lecture, mais pour le graphisme… et nous nous…

— Et vous vous ?

— Non, rien, se contenta-t-il de répondre en baissant la tête, le visage empourpré, comme s'il eût aimé ajouter un message que nul mot ne pouvait exprimer.

Cette gêne troubla une nouvelle fois Phil. « Jusqu'où va leur relation ? se demanda-t-il. » Il avait senti au ton de la voix de Kevin qu'il avait été sur le point de lui confier un lourd secret.

— Quand l'avez-vous vu pour la dernière fois ?

— Le vendredi. Après les cours.

— Comment ça ?

— Il est venu m'apporter ses affaires scolaires, me demandant de les garder et me disant qu'il viendrait les chercher durant le week-end. Il me sollicitait souvent pour ce genre de service. À chaque fois, ça s'était bien passé. Cette fois, par contre…

— Où allait-il quand il vous a quitté ?

Kevin opposa un silence pour toute réponse. À un moment même, son regard s'emplit de larmes. L'angoisse et l'inquiétude se devinaient aisément dans son attitude.

Existait-il un secret entre eux, un pacte ? Ayant

bien cerné la fragilité psychologique de son interlocuteur, Phil savait qu'il devait agir avec prudence et patience. Depuis la déclaration de disparition des parents, le lundi trois mai dernier, c'était la première fois qu'il retrouvait enfin la trace d'Erwan depuis sa sortie du lycée. Phil priait le bon Dieu d'être venu seul rencontrer Kevin. Il imaginait François lui opposant le fait de ne pas avoir pris contact avec la police, lui reprochant son silence etc… etc… Les minutes suivantes allaient être déterminantes. Il devait agir avec la plus grande finesse, faire appel à tout son self control. D'abord, maintenir le dialogue dans un climat de confiance réciproque ! Phil se mit à observer Kevin. Il soutint quelques instants son regard puis lui sourit pour l'encourager.

— Alors, Kevin… Erwan, où se rendait-il ?

— Notre situation est plus complexe… c'est plus difficile…

— Vous vous aimez, c'est cela ?

Kevin devint, cette fois, tout rouge et ne savait plus quelle attitude adopter. Il devait penser à leur relation.

Rien de tout cela n'existait plus à présent, face à la fatalité qui venait brutalement décolorer leur vie. Étrange sensation que l'angoisse.

On peut tromper la vie longtemps, mais elle finit toujours par faire de nous ce pourquoi nous sommes faits.

Phil vint une nouvelle fois à son secours.

— J'ai bien compris, depuis que nous parlons, que votre relation dépassait le cadre purement amical. Quelles sont vos inquiétudes ? Vous ne voulez pas que ça se sache, c'est ça ?

Il approuva de la tête sans répondre et sans oser regarder Phil en face.

— Avec moi, vous ne risquez rien. Je vous promets le secret le plus total, jamais ce point ne sera évoqué ni écrit dans le moindre procès-verbal, ça vous va ?

Soulagé, il releva la tête et esquissa une maigre grimace qui se voulait sans doute être un sourire. Il était en proie à un indicible chaos : espoir, excitation, appréhension s'y mêlaient dans une confusion brûlante. Sa gorge était aussi sèche qu'un désert. Il trouva néanmoins la force de poursuivre. Les mots qu'il exprimait à présent semblaient le rendre heureux. Il les laissait sortir de lui, un peu comme on laisse couler des larmes qui vous soulagent.

— Je ne vis plus depuis son départ, vendredi. Il me téléphonait toujours avec sa carte. Cette carte nous garantissait une totale confidentialité. C'était une des raisons pour lesquelles il ne voulait pas de portable, pour le cas où ses parents auraient décidé de contrôler ses appels. Je vous disais donc que ce n'était pas dans ses habitudes de ne pas me tenir informé. Depuis, je vis dans l'angoisse. Mais que pouvais-je faire ? Je n'osais pas aller voir ses parents, encore moins me rendre à la police… Et à quel titre ?

— Je comprends. Quelqu'un connaissait-il votre relation, je veux dire, privée, heu... personnelle ?

— Non, personne, je crois... Depuis que le troisième du groupe nous a quittés, nous avons changé de pseudo sur nos graffs, si bien que nul ne sait qui nous sommes. Et, depuis quelques mois, nous nous retrouvions presque uniquement dans cet appartement... L'an prochain, nous envisagions de vivre ensemble. Je gagne assez pour deux. Il se faisait une véritable joie à cette idée. Il poursuivrait ses études graphiques et, sans doute, des cours aux Beaux-Arts. Il pourrait s'adonner à sa passion de la BD et s'affirmer en toute tranquillité...

Il s'arrêta net et ses yeux se brouillèrent une nouvelle fois.

— Vous pensez qu'il a eu un accident ? Qu'il est... reprit-il.

— Nous ne pensons rien pour l'instant. J'étais, pour ma part, dans une logique de fugue...

— Non, impossible !

— Dites-moi ce que vous savez dans ce cas. Je suis votre ami, pas le policier inquisiteur venu pour vous créer des ennuis et jeter votre vie en pâture. J'ai besoin de votre aide et, ensemble, nous le retrouverons, d'accord ?

— D'accord !

— Il faut que vous me disiez tout à présent. Nous allons prendre le temps qu'il faut, mais je ne veux pas partir d'ici sans savoir.

— J'ignore si vous le savez, mais Erwan est quelqu'un de courageux. Il veut vivre le moins possible aux crochets de ses parents qu'il adore d'ailleurs. Ses relations avec son beau-père sont excellentes. Il est tellement attachant qu'il est impossible de se brouiller avec lui. Dès qu'il peut, il fait des petits boulots ici ou là pour se faire un pécule et demander le moins possible à sa mère. Ces temps derniers, je lui ai proposé de l'argent pour qu'il passe moins de temps dans les fermes et plus avec moi à se consacrer au dessin. Mais il a refusé, se faisant un point d'honneur à réussir seul, quitte à manger de la vache enragée. Il répétait toujours que toutes ces expériences étaient formatrices et qu'on ne pouvait qu'en sortir grandi et meilleur.

— Il a sans doute raison…

— Il y a quelques mois, alors qu'il avait décidé de travailler sur une pile de pont de la SNCF, un gars qu'il avait connu au lycée et dont j'ignore l'identité, lui a fait rencontrer un groupe qui lui a proposé, moyennant argent, de faire quelques graffs pour eux. Le groupe lui fournissait tout le matériel qu'il voulait, bombes, masques, gants… et lui donnait une petite poignée d'euros.

— Beaucoup ?

— Non. Une dizaine d'euros par soir. La rémunération n'était pas le plus important, il pouvait travailler sans frais surtout et disposer de bombes.

— Où les retrouvait-il ?

— C'est le premier point qui me gênait. Ils lui donnaient rendez-vous dans un lieu isolé, un terrain vague ou une friche industrielle, à Quimper. Ils venaient avec un vieux fourgon blanc. Ils embarquaient le scooter et l'emmenaient je ne sais où...

— Comment savez-vous cela ?

— Parce que je l'ai accompagné une fois.

— Une seule ?

— Oui. Je voulais en savoir plus. Ces types m'ont fait le plus mauvais effet. Je l'ai supplié alors de ne plus y retourner. Malgré mes inquiétudes et mes mises en garde répétées, car je lui donnais à penser qu'il pouvait courir un danger, il n'en a tenu aucun compte. Je jugeais ces travaux dégradants... Mais il n'y a rien eu à faire.

— Avez-vous relevé le numéro d'immatriculation du véhicule ?

— Non. J'avais demandé à Erwan de le faire, mais nous n'en avons plus reparlé par la suite.

— Le véhicule portait-il une marque, un signe distinctif ?

— Non. En dehors du fait qu'il soit blanc et en mauvais état... Il faisait nuit, vous comprenez...

— Bien sûr. Combien étaient-ils ?

— Je ne sais pas exactement leur nombre. Il semblerait que ce n'était pas non plus toujours les mêmes. Ce soir-là, ils étaient deux dans le fourgon et, ensuite, nous avons rejoint d'autres individus. Deux nouveaux types ont pris la place des premiers.

— C'était la nuit ? Dans la clandestinité ?

— Oui, toujours. Dans le tag ou le graff, la clandestinité, nous connaissons !

— Comment faisait Erwan pour ne pas rentrer chez lui ?

— Il disait qu'il allait dormir chez un copain de sa classe. Il avait une couverture pour cela, vis-à-vis de ses parents. Il n'a jamais été inquiété de ce côté-là.

— Et vous pensez que le vendredi de son départ, il partait pour ce genre d'expédition ?

— Oui. Il me l'a dit. Comme il y était allé plusieurs fois, sans incident, je commençais à me faire à cette idée…

— Bon… Racontez-moi cette fameuse soirée à laquelle vous avez participé.

— Le fourgon est arrivé vers vingt heures. Le rendez-vous cette fois était fixé sur le parking d'une grande surface, au nord de Quimper, rue de Gourvilly, non loin de la voie express. C'était en mars, avant les élections. Nous nous sommes installés à l'arrière avec le scooter d'Erwan. L'espace était sombre et mal éclairé par un plafonnier minable, il n'y avait pas de vitres sur le côté ni à l'arrière. Un panneau de bois ou d'isorel mal ajusté, séparait l'avant et l'arrière du véhicule. Nous sommes sortis de Quimper et avons emprunté la voie express aussitôt. Nous avons roulé plus d'une demi-heure. Nous avons quitté la voie express pour suivre une route, départementale je pense car plus chaotique. Nous sommes arrivés dans une ville ou un bourg, le chauffeur est sorti. En écartant un peu la planche de devant, sur la largeur d'un doigt à peine, j'ai vu que nous étions arrêtés sur un parking, pas loin d'une très belle chapelle qui se trouvait devant, sur notre droite. Ma formation en architecture me fait dire qu'il pourrait s'agir d'un style gothique flamboyant, sans doute était-elle rénovée, car en parfait état, mais à vérifier…

— Et vous restiez toujours enfermés à l'arrière sans sortir ?

— Oui. Là, changement de chauffeur et de copilote. Un type qui parlait mieux que les autres se tenait près d'une voiture. Il était assez grand et il me semble qu'il avait des cheveux gris. Il devait les accompagner dans une grosse voiture de type Mercedes, BMW ou Audi, je ne pourrais pas vous le dire. Je pense qu'il a dû repartir avec les deux premiers. Nous ne pouvions pas comprendre la discussion qu'ils entretenaient. Les nouveaux devaient fumer un sale joint car ça se sentait. C'était dégueulasse. Ces deux-là, Erwan les avait déjà vus, car c'étaient eux qui étaient venus sur Quimper la première fois. Le bruit du moteur du fourgon faisait un tel bazar qu'il nous était impossible de comprendre ce qu'ils disaient. Nous avons été conduits à quelques kilomètres.

— Combien ?

— Impossible à dire. Nous nous sommes arrêtés dans un petit port situé dans une anse ou un bras de mer ou quelque chose comme cela…

— Connaissiez-vous les lieux ?

— Non. Et je n'ai pas vu de panneau. Nous avons été invités à sortir et à faire des graffs sur les murs d'un bâtiment qui devait être une usine désaffectée, puis nous sommes repartis, arrêt devant un compteur EDF en pleine campagne, un pan de mur d'une maison inhabitée également, nouveau graff, puis nouvel arrêt ensuite dans un bourg, près d'une école…

— Le même que le port ou celui de l'arrêt précédent ?

— Non. Un autre ! Nouveaux graffs et tags selon leurs dessins griffonnés sur un bout de papier…

— Quel genre ? Vous pourriez les reproduire ?

— Oui, je pense… mais je n'aimais pas du tout. Genre symboliste, extrémiste… agressif en tous les cas…

— Pouvez-vous me dessiner rapidement un des modèles ?

— Tenez, j'ai celui-ci. Il sortit un dessin d'un bloc. Je l'ai reproduit une fois que nous sommes rentrés, je vous le donne.

— Mais c'est une croix celtique !

— Oui, il y avait d'autres modèles encore… Puis le fourgon a repris la route du retour.

— Comment étiez-vous installés à l'arrière ?

— Le scooter était tenu d'un côté par un cordage et nous étions assis sur une caisse en bois fixée, je pense, car elle ne bougeait pas, malgré les chaos. Nous avons soulevé le couvercle qui n'était qu'une planche, le coffre contenait des cordes et différents outils… Sans intérêt.

— Avez-vous fait un nouveau passage près de la chapelle ?

— Non. Pas cette fois. Nous n'avons pas connu de changement d'accompagnateurs. Nous avons parcouru plusieurs kilomètres sur une route sinueuse, supportant de plus en plus difficilement les ballottements du véhicule et les gémissements stertoreux du moteur pour, enfin, arriver sur la voie express.

— Le scooter, pourquoi l'avoir emmené ?

— Parce que les accompagnateurs montraient à Erwan les différents endroits où il devait travailler. Puis ils le déposaient et le reprenaient à un endroit convenu, par souci de discrétion. De retour à l'appartement, j'ai demandé, mieux, j'ai supplié Erwan de ne plus y retourner. Mais, comme il avait perçu vingt euros cette fois, puisque nous étions deux, et gardé les bombes, il était tout content. Pour ma part, je trouvais cela sordide, mais je ne voulais pas le froisser ni le décevoir. Il était si heureux…

— Pourriez-vous me décrire les deux premiers hommes ?

— Pas vraiment. Ils ne sont pas sortis. Le chauffeur a baissé sa vitre et a dit à Erwan, en s'arrêtant à notre hauteur sur le parking, que les deux portes arrière n'étaient pas verrouillées et qu'il devait faire comme d'habitude. Ils m'ont paru plutôt costauds, barbus et leurs cheveux, longs…

— Et l'homme qui attendait avec les deux autres sur le parking près de la chapelle ?

— Je l'ai à peine distingué. En dehors du fait qu'il était grand avec des cheveux gris, comme je vous l'ai dit tout à l'heure, je me souviens qu'il portait costume et cravate. Je l'ai aperçu appuyé contre sa voiture, que je ne voyais pas entièrement. Impossible de le décrire et je dois dire que je n'ai pas tenté, non plus, de m'en souvenir à tout prix, à ce moment-là, même si je le regrette aujourd'hui.

— Et les deux autres hommes ?

— Le chauffeur n'a jamais quitté sa place. L'autre avait une apparence de skinhead. À la lumière d'un réverbère, grand et maigre, avec ses longs bras simiesques, raides et écartés du corps comme une caricature de cow-boy de cinéma, prêt à dégainer. Son apparence prêtait à sourire. C'est lui qui a donné l'argent et les bombes de peinture à Erwan.

— Pourriez-vous reconnaître l'un d'entre eux ?

— Le dernier… peut-être. Je me souviens que la dichotomie entre la représentation personnelle que je m'en faisais, en écoutant par moments ses paroles à travers la planche qui nous séparait de la cabine du fourgon, et la réalité de son apparence m'avait surpris.

— C'est-à-dire ?

— Il m'avait donné l'impression de bien s'exprimer et ceci ne collait pas du tout avec son allure…

— Au départ, en prenant la voie express, vous êtes-vous dirigés vers Brest ou vers Vannes ?

— Vers Vannes… sans aucun doute, parce que j'ai pu le distinguer furtivement par un interstice entre la planche mal ajustée et la carrosserie. Mais il était impossible de bien voir, nous étions vraiment secoués et la planche s'écrasait tantôt d'un côté, tantôt de l'autre, selon les virages, si bien qu'il était impossible, la plupart du temps, de voir quoi que ce soit.

— Bien. Dans ce cas, nous devons tenter de reconstituer ce déplacement. Mais pour cela, il va falloir que vous nous accompagniez.

— Pas tout de suite, car je dois remettre un travail demain matin et je vais déjà devoir y passer une partie de ma nuit. Par contre, ensuite, je peux me libérer pour la journée, voire même le lendemain, si nécessaire. Mais vous m'assurez toujours que je conserverai l'anonymat et que les parents d'Erwan ne sauront jamais rien de notre relation ?

— Nous resterons dans une totale confidentialité, ne serait-ce que pour les besoins de l'enquête. Nous viendrons vous chercher en voiture banalisée et nous tenterons de refaire le périple.

— Quand vous dites nous, c'est… que vous ne serez pas seul ?

— Non. Nous devons agir à deux, en tant qu'officiers de police judiciaire. Mon collègue, le capitaine François Le Duigou m'accompagnera mais, en dehors de notre hiérarchie directe, personne ne sera au courant. Vous n'avez rien à craindre.

— Et les parents d'Erwan ?

— Non plus. Nous serons en mission. Comme nous ignorons les raisons de la disparition d'Erwan, il est hors de question de prendre le moindre risque et encore moins de faire connaître votre identité.

Ils conversèrent longuement de différents sujets étrangers à l'enquête.

Kevin exprima ses doutes, ses difficultés à vivre librement sa vie d'homosexuel avec Erwan quand celui-ci serait majeur. Les préjugés de notre société, les tabous qui avaient la vie dure…

Cette rencontre devint un tête-à-tête intime qui laissait au cœur un goût d'amitié. L'espoir se mêla au désespoir.

Phil observa un instant Kevin et vit de la bienveillance dans ses yeux larmoyants.

Ils se séparèrent, confiants l'un dans l'autre, certains que, dès le lendemain, ils se lanceraient sur la piste d'Erwan.

Phil partit. Kevin, seul, resta un long moment assis dans le canapé à réfléchir. L'angoisse térébrante de l'avenir lui parut moins inquiétante. Depuis cet entretien quelque chose de nouveau l'habitait. Il reprenait espoir de revoir Erwan près de lui. Les larmes qu'il retenait en lui depuis si longtemps le brûlèrent comme de l'acide, mais tout cela se brouillait encore un peu…

Il savait que le temps reste le seul allié de ceux qui ont une plaie au cœur. Il suffit alors de regarder en soi, de chercher un certain visage, pour s'en convaincre...

Il se rappela que l'amour était aussi destructeur que la haine. Devait-il se laisser aller à cette sombre philosophie ? Il décida qu'il devait se ressaisir. Les propos de cet officier de police paraissaient bien rassurants. De le savoir à ses côtés l'encourageait.

VIII

Mardi 11 mai, soir.

François n'était pas encore rentré de la réunion quand Phil s'installa à son bureau, en proie à un indescriptible mélange de sentiments. Il commença par rédiger son procès-verbal. N'oubliant pas sa promesse, il dut le tronquer partiellement. Il portait parfois son regard sur sa montre et défoulait sur son clavier l'irritation croissante que lui causait le retard de François. Une heure après, celui-ci arriva enfin. Sa mine dépitée en disait long des résultats de la réunion à laquelle il venait de participer. Phil l'interpella le premier :

— Alors, cette rencontre avec les collègues de la gendarmerie, as-tu du nouveau ?

— Non. Nous avons même eu la visite du substitut. Je crois que ça commence à chauffer en haut lieu. Au fait, à un moment, j'ai glissé une possible piste du côté des tagueurs. Je peux te dire que j'ai mis de l'ambiance aussitôt dans la salle. Sans vouloir te froisser, il y en avait plus qui pensaient comme moi que comme toi ! J'ai appris, à cette occasion, que la répression s'est effectivement durcie ces derniers temps. Plusieurs sites Internet consacrés aux graffs ont été contraints à la fermeture ces derniers mois. Des magazines spécialisés sont en procès. Pire encore, la SNCF est en guerre, le mot n'est pas trop fort contre cette communauté qui décore ses wagons. Sais-tu combien leur coûte le nettoyage des rames ?

— Non. Aucune idée !

— Dis un chiffre pour voir !

— Non, vraiment, je ne sais pas.

— Cinq millions d'euros chaque année ! Alors, tu comprends…

— Moi, à ceux-là, je leur réponds…

Phil fouilla aussitôt dans ses affaires, extirpa quelques documents et s'attarda à la recherche d'un passage précis…

— « *Que la libre communication des pensées et des opinions est un des droits les plus précieux de l'homme : tout citoyen peut donc parler, écrire, imprimer librement, sauf à répondre de l'abus de cette liberté dans les cas déterminés par la loi* » Article 11 de la Déclaration des Droits de l'homme et du citoyen du 26 août 1789 ! Voilà, ce que je leur dis !

— D'accord, d'accord. Mais de là à barbouiller partout, il y a des limites, tout de même, dit-il en baissant le ton pour éviter une nouvelle confrontation.

François ne la souhaitait pas et il avait regretté ce qui s'était passé, comme à chaque fois qu'il s'était emporté vis-à-vis de Phil.

— Je te l'accorde ! N'en parlons plus, répondit à son tour Phil, pour mettre fin à une nouvelle discussion sans intérêt !

Spontanément, un compromis venait d'être trouvé entre eux. Ils revinrent aussitôt à leurs préoccupations.

Ils savaient, l'un comme l'autre, arrêter des palabres qui n'apportaient rien à leurs activités communes. François vint immédiatement vers Phil. Quand il parla, sa voix, curieusement grave, était calme et naturelle.

— Ma réunion a été un coup pour rien. Et toi ? Qu'a donné ta rencontre ?

— François, tiens-toi bien ! Je crois que nous allons avoir en main le bout du fil de la pelote de laine. Demain, tous les deux, nous n'aurons plus qu'à le tirer...

— Ce n'est pas possible !

— Et si mon vieux ! Phil lui montra le dessin de la croix celtique. Est-ce que ça te dit quelque chose ?

— Et comment ! À l'origine, la croix celtique représentait la force et la lumière. Le peuple celte se réclamait pur et ancien, tout un symbole. Cela a suffi à de nombreux groupes ultranationalistes pour s'en accaparer et s'en servir comme emblème... C'est le cas d'Ordre Nouveau, des skinheads, des néonazis ou encore de certains courants nationalistes chrétiens.

— Eh, bien, nous pouvons imaginer l'orientation à présent...

Phil expliqua dans le détail l'entretien qu'il avait eu avec Kevin. François n'en loupa pas une miette, trop content de l'ouverture qui s'offrait enfin à eux. Pour François, nul doute que Phil tenait là, enfin, une trace à exploiter. Il tenta pourtant de se laisser aller à certaines réflexions réprouvant à la fois l'activité libertaire du tag et du graff et l'homosexualité de Kevin…

Phil se montra très ferme dans ses admonestations. Il ne voulait plus entendre la moindre réflexion de sa part sur ces deux points pendant tout le reste de l'enquête. Il lui demanda instamment de lui promettre de ne pas évoquer ses pensées en présence de Kevin ni de se permettre des allusions sardoniques… François accepta aussitôt. Ils convinrent tous les deux qu'ils tenaient là une piste unique pour retrouver Erwan et qu'ils devaient tout faire pour l'exploiter au mieux. L'espoir revenait. Le patron les appela malgré l'heure tardive. Il les attendait pour connaître les résultats de leur journée.

François commença par rendre compte de la réunion, Phil enchaîna sur Kevin. Le patron retrouva son sourire légendaire, enfin quelque chose pointait à l'horizon. Il leur confirma qu'il n'avait jamais douté d'eux. Ils décidèrent de garder cette voie totalement confidentielle tant que Phil, François et Kevin n'auraient pas situé précisément ceux qui utilisaient le savoir-faire d'Erwan.

Ils se posèrent aussitôt de nombreuses questions. Qui étaient ces hommes ? Que voulaient-ils faire et dans quel but ? Pourquoi cette clandestinité ? S'agissait-il d'une secte ? D'un mouvement extrémiste ? Des dizaines de questions les assaillirent. Sans réponse pour l'instant. Ils devaient d'abord tenter de reconstituer le parcours du fourgon avec Kevin, le lendemain matin. Ensuite, il en ressortirait obligatoirement quelque chose. Un fourgon blanc en mauvais état ne pouvait pas passer inaperçu, surtout dans des bourgs ou des petites villes…

Ils furent interrompus dans leurs réflexions par la sonnerie du portable de François. C'était la mère d'Erwan.

— Il n'est pas trop tard ? Vous m'aviez dit que je pouvais vous appeler à n'importe quelle heure…

— C'est tout à fait exact, Madame, que puis-je faire pour vous, vous avez du nouveau de votre côté ?

— Oui. Enfin, non ! Voilà. Nous venons d'être contactés par un homme qui se prétend radiesthésiste ou quelque chose comme ça et il nous propose de faire une étude sur la disparition d'Erwan…

— A-t-il demandé de l'argent ?

— Non. Pas pour le moment.

— Surtout vous ne lui versez rien. Vous ne le laissez jamais seul dans une pièce. Nous arrivons.

— Tout de suite ?

— Oui, dès que possible. Disons, d'ici vingt minutes environ…

— Qu'est-ce que je fais ? Je le retiens ? Je lui dis que vous arrivez ?

— Vous l'écoutez et vous le laissez faire jusqu'à notre arrivée.

— Très bien.

François rendit compte de cet entretien au patron et à Phil. Ils pensèrent aussitôt à un nouvel imposteur qui voulait abuser de la peine du couple pour extorquer une nouvelle fois quelqu'argent… Ils se rendirent aussi vite que possible, malgré l'heure tardive, chez la mère d'Erwan.

La maison était éclairée et la lumière du jardin allumée. Ils notèrent le numéro d'immatriculation de la voiture stationnée le long du trottoir, en se garant juste derrière. Ils se rendirent à la porte d'entrée de la maison. La femme vint leur ouvrir et, à voix basse, précisa :

— Il est dans la salle à manger avec mon mari.

— Très bien. Est-ce sa voiture, devant la maison ?

— Oui.

— Bien. Voyons cet homme !

François entra le premier suivi de Phil. L'homme se tenait de dos, assis à table, un pendule en main au-dessus d'une carte de la région. Assis en face, le beau-père d'Erwan s'efforçait de rester attentif aux propos de leur visiteur. François et Phil se présentèrent, surprenant l'homme qui sursauta. Il posa son pendule, se retourna et se leva.

— Pouvez-vous me présenter vos papiers d'identité, Monsieur ? demanda François après avoir montré sa carte d'officier de police judiciaire.

L'homme s'exécuta sans aucune gêne. Il exhiba une carte d'identité nationale élimée à force d'être manipulée. François observa le visage ahuri de l'homme, c'était l'une de ces photographies rapides qu'on obtient dans les cabines automatiques de certains grands magasins et qui flattent rarement le sujet. Il restait néanmoins reconnaissable. Ses cheveux bruns étaient devenus grisonnants et sa barbe, poivre et sel. Malgré ses yeux très bleus, il semblait très triste et paraissait austère et maussade. François nota l'état civil. Jean-Charles de Kermelen…

François lui demanda d'expliquer sa démarche. L'homme sourit avec indulgence, sans prendre ombrage des manières indélicates du policier. Calmement, il répondit que, depuis l'assassinat voilà dix ans de sa fille, dont on avait retrouvé le cadavre deux ans plus tard, sa vie s'était brisée. Son épouse n'avait jamais accepté ce qui était arrivé. Elle l'avait quitté depuis plusieurs années. Il vivait seul, dans le Centre-Bretagne, exerçant le métier de secrétaire de mairie dans une petite ville. Mais, comme son père et son grand-père, il avait constaté qu'il disposait d'un don de radiesthésiste. Non seulement il était parfaitement capable de découvrir des points d'eau, d'indiquer la profondeur à creuser et le débit de la source, mais, en plus, il soignait certains eczémas et différentes maladies de ce type.

Il avait découvert, depuis quelques années, qu'avec son pendule, il était aussi capable de situer où pouvait se trouver une personne disparue. C'est ainsi que, l'hiver dernier encore, il avait collaboré avec la gendarmerie de sa commune dans la recherche d'une personne atteinte de la maladie d'Alzheimer qui avait quitté la maison de retraite installée près de chez lui et dont personne ne savait où elle se trouvait. Cette femme, avait échappé à la vigilance du personnel et n'avait plus su revenir. Il avait pu définir le périmètre de recherche et la retrouver plus rapidement, lui évitant de passer une nuit glaciale seule, dehors, dans un bois. D'une certaine manière, la radiesthésie l'avait sauvée.

Un silence total régnait dans la pièce. Les quatre personnes restaient suspendues aux propos de l'homme. Il semblait convaincant. Phil intervint à la fin du dernier récit :

— Que demandez-vous pour intervenir ?

— Rien, répondit-il, presque surpris par la question. J'agis bénévolement et je veux accumuler le plus grand nombre possible d'expériences pour affiner mes capacités à pouvoir localiser une personne. Je voudrais réussir à mettre au point une démarche fiable et utilisable ensuite en toutes circonstances. Je n'ai, pour l'instant, pas assez de recul. Je tente de mettre mes dons au service des familles qui connaissent ce que j'ai vécu et je crois, Monsieur, qu'il ne faut rien négliger et tout tenter. Voici les coordonnées de la gendarmerie de ma ville avec qui j'ai eu l'occasion de travailler. Vous pouvez vérifier auprès d'eux ce que je viens de vous dire. Maintenant, si vous pensez que je peux être une gêne dans votre enquête, je peux m'en aller, immédiatement. Je suis venu ici, très tard, car j'ai quitté mon travail vers dix-huit heures trente. Le temps de passer à la maison, de manger rapidement et de faire la route…

François et Phil regardèrent la mère d'Erwan. Son visage suppliait de lui demander de rester. François se demanda : que risquaient-ils ? Il pensa à cette affaire de Quimperlé* où un professionnel de ce genre avait également obtenu le même résultat que la police en utilisant ses capacités particulières. Il acceptait mal cette approche irrationnelle. Il était trop cartésien pour cela. Mais il faut parfois faire preuve d'humilité devant des situations qui vous échappent. Il regarda Phil puis décida.

— Écoutez. Si vous ne demandez aucune rétribution si vous n'entravez pas la marche de notre enquête, nous ne nous opposons pas à votre démarche… En tout état de cause, elle devra rester totalement confidentielle. Ceci ne veut pas dire que nous accréditons votre démarche, nous la tolérons simplement. Bien entendu, vous ne devrez rien communiquer aux médias et surtout pas cet entretien de ce soir. Sommes-nous d'accord ?

— D'accord, évidemment !

Le couple parut soulagé. Phil resta de marbre.

---

* Lire *Les disparues de Quimperlé*, même auteur, même collection.

L'homme s'assit aussitôt et reprit son pendule. Sans se retourner, il s'adressa à François :

— Avez-vous une piste sérieuse et une idée de ce que devient Erwan ?

— Oui, nous avançons très sérieusement, mais ne pouvons rien dire pour l'instant pour ne pas nuire à nos investigations. Dans quelques jours, nous serons en mesure d'en dire davantage. Et votre pendule, que dit-il ?

Phil hallucinait. Vivait-il dans un cauchemar ou un rêve ? Allait-il se réveiller ? Il paraissait effrayé et, en même temps, fasciné par ce qu'il entendait et venait de voir. Il s'immobilisa et se passa le dos de la main sous le menton comme pour éprouver la dureté de sa barbe naissante. La maman d'Erwan, en larmes, se tourna vers François.

— Vous savez quelque chose ?

— Nous avons beaucoup avancé aujourd'hui... Courage et un peu de patience encore...

Un long silence s'installa. L'homme se concentra totalement. Il ferma les yeux. Le pendule se mit à tourner et à former de grands cercles avec Quimper pour l'instant au centre. Puis l'homme tenta de se porter vers la région de Pont-L'Abbé. Le pendule s'immobilisa. Il reprit sa première position puis se déporta vers Châteauneuf-du-Faou. Nouvel arrêt de l'oscillation.

Il recommença sa manœuvre en se portant cette fois vers Quimperlé et Lorient.

Les oscillations s'accélérèrent. Il se passait des choses indéfinissables par moments à peine sensibles pour les personnes présentes. Tout semblait prendre une densité, une présence inhabituelle. Se passait-il quelque chose de surnaturel ? Avaient-ils jamais éprouvé cette sensation particulière ? Ils ne faisaient plus partie du monde mais de la minute présente quand, dans un silence glacial, l'homme, après de longues secondes, s'exprima.

Il paraissait soudain las, épuisé. Ses traits étaient constellés de gouttelettes de sueur.

— Je crois pouvoir dire que votre fils est séquestré. Il pourrait se trouver très à l'est de Quimper… Je ne peux pas en dire plus. Je suis fatigué. Je ne trouve rien de plus pour l'instant. Je vais devoir rentrer. Je continuerai à chercher chez moi et je reviendrai… Pouvez-vous me confier certaines de ses affaires ?

— Oui, bien sûr, voici, s'empressa de répondre la mère d'Erwan.

Un sourire éclaira son visage. Elle garda le silence un instant et une expression heureuse passa sur son visage à la pensée de son enfant.

Le calme revenu, l'homme avait ramassé toutes ses affaires dans une sacoche en cuir et s'apprêtait à partir, quand la mère d'Erwan l'interpella, se souvenant d'un point précis.

— Séquestré ? Vous avez dit séquestré ? Est-ce qu'il est en danger ?

— Je suis incapable de vous le dire, Madame. Il peut être simplement retenu. Son positionnement est vague. J'ai seulement tenté de vous dire ce que je percevais… Qu'en pensez-vous, Messieurs ? ajouta-t-il à l'intention des officiers de police.

— Ce que vous venez de dire est fort probable… Les jours qui viennent, voire les heures… nous le confirmeront…

Avant de se séparer, ils se promirent de garder cette entrevue totalement confidentielle. Totalement, avait répété François à plusieurs reprises.

Finalement cet espoir qui venait d'être soufflé convenait à chacun. Il aiderait à mieux vivre les jours suivants.

Jean-Charles de Kermelen les salua tous et s'en alla. François et Phil reprirent leur voiture de service et quittèrent les lieux à leur tour. Phil attaqua le premier les commentaires :

— Tu y crois, toi, à cette mascarade, tu ne trouves pas qu'il y a assez de crétins comme cela sur la terre pour se fier à un pendule ?

— Phil… la limite entre l'idée du réel et le réel n'est qu'affaire de point de vue, de personne, de culture. Souviens-toi de l'affaire de Quimperlé ! Le type qui renseignait la résidante du Gué Fleuri était arrivé au même résultat que nous et aussi vite que nous…

— C'est vrai ! Je m'en souviens, à présent. Il faut reconnaître que les réactions de son pendule sur la carte sont troublantes.

— J'ai vu des personnes chercher de l'eau avec une fourche de coudrier et donner des résultats plus précis que les techniques les plus élaborées...

— C'est exact, je l'ai vu aussi...

— Certains croient qu'on peut lire l'avenir dans des cartes à jouer ou du marc de café, d'autres suspendent une statuette de la Vierge au-dessus de leur lit, convaincus que celle-ci, acquise pour quelques euros va réellement les protéger. Où est la différence ?

— Je ne crois pas aux amulettes, aux bagues, aux centaines de talismans qui ont été inventés. Qui dit crédulité dit manipulation, qui dit manipulation dit calamité... C'est la plaie de l'humanité !

— Libre à toi de croire ce que tu veux. Il ne s'agit pas ici de prémonition christique, solaire ou astrale. Je pense qu'on ne doit pas écarter cette possibilité qui nous est offerte. J'ai confiance en cet homme, ce Jean-Charles de Kermelen me paraît honnête. Il ne fait aucun mal. Il a redonné de l'espoir à tout le monde ce soir. Il a de bonnes raisons de vouloir s'investir. Laissons-le faire. D'autant qu'il exerce cette activité bénévolement. Demain matin, j'appellerai la brigade de gendarmerie de sa ville... La distance entre l'irrationnel et le rationnel est parfois infime ! Cette affaire est aussi importante pour lui que pour nous. Il veut vérifier ses capacités ? Jouons le jeu, donnons-lui sa chance et, en même temps, tirons des enseignements !

La discussion s'était établie entre eux, sans le moindre esprit de polémique.

Ils retrouvaient, en cette fin de journée de travail, très tardive, ces échanges constructifs qu'ils avaient l'habitude d'entretenir.

La nuit venait de s'installer. Le printemps descendait sur Quimper, pas un de ces printemps froids et humides, déplaisants comme ils le sont parfois, mais un printemps joyeux, clair et parfumé.

IX

Mercredi 12 mai.

Ils démarrèrent, dès le matin, avec entrain. Le soleil rougeoyait à l'horizon tandis que la lune tardait à se coucher. La journée s'annonçait claire et sèche. Phil et François reprenaient, pleins d'espoir. Phil s'attaqua aux affaires en cours tandis que François appelait la brigade de gendarmerie de la commune de résidence de Jean-Charles de Kermelen.

Le major, commandant de la brigade, confirma que Jean-Charles de Kermelen n'était pas du tout un farfelu. Le bouche à oreille faisait venir chez lui des personnes de plusieurs dizaines de kilomètres à la ronde pour soigner des eczémas et toutes sortes de maladies de ce genre. Il était exact qu'il avait réussi à localiser, grâce à son pendule, une personne atteinte de la maladie d'Alzheimer ayant quitté sa maison de retraite.

Issu d'une grande famille aristocratique, Jean-Charles de Kermelen avait connu une jeunesse heureuse, riche de promesses. Mais, parfois la vie chamboule tous vos projets et vous ôte l'essentiel, vous laissant à peine la moindre chance de repartir à zéro. Il avait en effet beaucoup souffert de la perte tragique de sa fille unique suivie du départ de son épouse. Homme discret, il passait pour être respecté, pieux et ouvert, toujours prêt à aider et écouter son prochain. Il était aimé de tous et se donnait sans compter, confirma le major. Il se sentait prêt à faire des miracles. Ces réussites pour le bien des autres, pouvaient-elles apaiser certaines souffrances qu'il croyait incurables ou certains traumatismes ? Dieu savait qu'il en avait besoin. C'était la seule façon qu'il avait trouvée de combler le vide qui le rongeait de l'intérieur.

Phil écoutait la conversation car François venait de mettre le haut-parleur. Ils étaient un peu confus d'avoir douté de l'honnêteté de cet homme.

Voilà que cette affaire évoluait bien au-delà d'une simple enquête policière. Ainsi, ces révélations de leurs collègues gendarmes, les conduisaient directement là où leur imagination avait refusé de s'aventurer jusque-là. Rien ne pouvait plus les étonner.

Phil resta songeur quelques longues secondes. Il se souvint bizarrement à cet instant d'une phrase d'Albert Camus : « *Même au cœur de l'hiver, j'ai finalement compris qu'il y avait en moi un été invisible…* » Cette image convenait bien à son état d'esprit du moment, pensa-t-il. Ne dit-on pas que la découverte de soi ne consiste pas à rechercher de nouveaux paysages mais à savoir regarder avec des yeux neufs ? C'est ce qu'il évoqua avec François avant d'appeler Kevin, car il savait qu'il devrait le canaliser s'ils voulaient retirer le maximum de la journée qui s'avançait. Il avait l'impression indéfinissable qu'il allait se passer quelque chose d'important.

La sonnerie du téléphone se déclencha à peine lorsque Kevin décrocha. Phil lui confirma qu'il passait le prendre à son domicile, dans une vingtaine de minutes, accompagné de François.

En rejoignant la voiture de service, Phil se surprit à faire une nouvelle série de recommandations à François sur l'attitude à respecter tout au long de la journée. D'ailleurs, pour une fois, François conduirait et Phil serait passager afin de se rendre plus disponible pour échanger avec Kevin.

En arrivant devant l'immeuble, ils aperçurent Kevin, debout devant la porte d'entrée. Phil fit un signe de la main et il vint les rejoindre aussitôt. Les présentations effectuées, le lieutenant Bozzi proposa de se rendre immédiatement sur le parking de la grande surface, dans le nord de Quimper comme le point de départ. Phil avait fixé une carte très détaillée sur un calendrier en carton rigide afin de visualiser les différentes directions qu'ils envisageaient d'exploiter.

Ils se garèrent dans un coin éloigné du parking, très animé à cette heure. Phil présenta la carte. Elle couvrait une région inscrite dans un rectangle allant de Rosporden à Plouay d'un côté et de Concarneau à Lorient, de l'autre. Puis ils prirent la route à une vitesse de quatre-vingt-dix à cent kilomètres à l'heure, allure vraisemblable du fourgon sur laquelle il devait se caler.

Ils décidèrent, d'un commun accord, de ne pas retenir Concarneau et les environs. Trop près. Pas de petit port au fond d'une anse. Kevin écarta ensuite Pont-aven qu'il connaissait bien. Passionné de peinture, il s'y était rendu à de nombreuses reprises et avait fait la descente de l'Aven jusqu'à Port-Manech, de même que celle du Belon. Il gardait un souvenir ému des dernières visites effectuées avec sa mère aux ports de Kerdruc, Rosbras ou à Port Belon. Lors de ces journées heureuses et inoubliables, il ignorait qu'elle disparaîtrait aussi tragiquement et aussi rapidement…

Il devait rechercher quelque chose qui ressemblait, sans aucun doute, à un de ces petits ports. François, qui s'était bien gardé d'intervenir jusque-là sans avoir perdu le moindre mot des échanges, précisa qu'il proposait, dans ce cas, de se rendre au port de Brigneau, puis à celui de Merrien et ensuite de Doëlan. S'il ne reconnaissait aucun de ces lieux, ils se rendraient au Pouldu à l'estuaire de la Laïta. Phil rajouta alors qu'ils devaient faire confiance à François qui connaissait parfaitement cette région et que son aide allait être fort utile et précieuse. Ce fut l'occasion de l'introduire dans la discussion et de faire équipe à trois, ce qui ne semblait pas acquis au départ de leur expédition.

La voiture quitta le parking du supermarché et prit la direction de Lorient. Selon le temps écoulé et les propositions de François, ils décidèrent d'emprunter la sortie quarante-huit de la voie express à Kerandreo pour se diriger vers Riec-sur-Belon. François participait de plus en plus à la discussion. Quand le clocher de la ville fut en vue, il se permit quelques commentaires pour distraire l'équipage en parlant des huîtres plates et préconisant au passage des promenades comme celle de la chapelle de Trémor qui offrait de superbes points de vues sur les châteaux du Hénant et de Tal-Moor sur l'autre rive, évoquant à l'occasion certains souvenirs de jeunesse, ce qui permit de détendre véritablement l'atmosphère.

Ils entrèrent dans le bourg de Riec-sur-Belon et contournèrent l'église bordée d'hortensias, passant devant l'Office de Tourisme et "l'Espace Mélanie" qui rappelait qu'en son temps, cet établissement avait fait la renommée de cette ville. Mais aucun endroit ne rappelait quoi que ce soit à Kevin... Ils quittèrent la ville en direction de Moëlan-sur-Mer. Tout juste sortis de la ville, François reprit ses commentaires et conseilla le superbe sentier côtier dans les environs de la chapelle de Saint Léger de Lannéguy. La voiture longeait à présent le Belon, elle franchit le petit pont du Guily pour monter vers Moëlan-sur-Mer dans une suite de virages, laissant sur la gauche le magnifique manoir de Kertalg, édifié de la fin du XVe au début du XVIIe siècle. Avant d'arriver à la ville, ils tournèrent à droite en direction de Brigneau.

Au détour d'une route sinueuse et étroite, apparut

le petit port, installé sur son bras de mer. De luxueuses villas s'étageaient à flanc de coteau sur chaque rive, valorisées dans leur écrin de verdure par un soleil rayonnant. Ils obliquèrent sur la droite pour descendre presqu'aussitôt sur la gauche afin de se rendre sur le quai. Mais les lieux n'évoquèrent pas le moindre souvenir à Kevin. Il convenait qu'une certaine ressemblance existait mais il ne s'agissait pas de ce port. François préconisa de monter jusqu'à Malachappe, tout à côté, à l'ancienne usine abandonnée, car Kevin avait évoqué une installation industrielle.

Ils s'arrêtèrent sur le parking permettant l'accès aux piétons, la vue était superbe et laissa rêveurs, quelques instants, les trois passagers de la voiture. Ils se rendirent à pied jusqu'aux ruines de l'usine. Mais Kevin précisa alors que le lieu dont il se souvenait était constitué de bâtiments encore en bon état. Malgré la beauté des lieux, ils reprirent la route pour revenir sur leurs pas. Toujours sans entrer à Moëlan-sur-Mer, ils prirent la direction du petit port de Merrien.

Sur une route étroite, la voiture s'engagea dans une succession de virages pour déboucher sur le quai. Les lieux ne lui rappelèrent rien non plus à Kevin. Si Brigneau avait pu l'interpeller, Merrien lui semblait beaucoup trop éloigné des images nocturnes qu'il avait conservées de l'expédition précédente.

Ils devaient prospecter avec méthode, aussi François préconisa-t-il de revenir sur leurs pas, de repasser par

Riec-sur-Belon et de rejoindre la voie express pour sortir ensuite à Kervidanou afin de se rendre à Quimperlé.

Comme il était l'heure de déjeuner, François proposa de se rendre au Brizeux. L'occasion pour eux de repenser à cette fameuse affaire des disparues de Quimperlé qui leur avait donné bien du fil à retordre…

Kevin se tint en retrait quelques instants pour les écouter parler de leur enquête et ceci l'amena à poser une question :

— Et aviez-vous réussi à dénouer cette affaire ?

— Bien sûr ! s'empressa de répondre François, plutôt fier de son affirmation. Il faut savoir que lorsque nous mordons dans une affaire, nous ne lâchons pas facilement et généralement le coupable se retrouve à l'ombre ! Et, cette fois-ci, ce sera la même chose, votre copain, on va le retrouver, ça c'est sûr !

— Est-ce que vous connaissez Quimperlé ?

— Pas bien. Je sais seulement que la ville se trouve sur le confluent de l'Ellé et de l'Isole et que la ville basse s'est construite autour de l'abbaye Sainte-Croix d'origine romane et il me semble que la crypte et l'abside doivent dater du XIe. Non loin doit se trouver la "Maison des Archers" qui remonte au XVe et, toujours autant que je m'en souvienne, la ville haute doit être dominée par la tour carrée de l'église gothique Notre-Dame-de-l'Assomption et Saint-Michel, c'est bien ça ?

— Euh... oui, oui... se contenta de répondre François surpris par l'érudition de Kevin qui venait de lui présenter “sa” ville sous un angle inhabituel pour lui. Il opta ensuite pour le silence, évitant de regarder Phil qui devait certainement sourire de cet échange.

La réponse concernant la résolution de leur enquête précédente parut satisfaire Kevin qui sembla rassuré pour la suite des événements. Dans l'immédiat, une seule chose comptait. Retrouver Erwan. Sur la route qui les ramenait à la voie express, Kevin regardait désespérément autour de lui, aucun détail ne lui revenait qui lui permît de penser qu'il était passé par là.

Ils se garèrent le long de la Laïta, juste devant le restaurant “Le Brizeux”. François, resté silencieux depuis le dernier échange avec Kevin, se délectait déjà à l'idée de ce qu'il allait manger. Nul doute qu'un poisson à la sauce Brizeux ferait partie de son repas. Il savait que le chef n'avait pas son pareil en la matière. En repartant, il ne manquerait pas de saluer Angèle au bar du rez-de-chaussée en prenant son café. François réalisait à cet instant précis que son esprit se trouvait ailleurs. Séduit par la splendeur de la journée et l'indolence de ces lieux qu'il affectionnait particulièrement, il avait failli oublier pourquoi il était là. Il culpabilisa. Phil continuait inlassablement à parler avec Kevin. François, tout au long de la route, avait fait des efforts pourtant pour s'intéresser à leur conversation, sans succès. Il espérait que ceci n'était pas perçu comme une marque d'ennui mais de courtoisie de sa part.

Dans la salle du restaurant, ils s'installèrent à une table située près de la fenêtre. Phil fit remarquer que c'était “leur place” précédemment. Contrairement au temps déplorable qu'ils avaient connu à l'époque et qui avait entraîné une crue déplorable, c'était en 2000, aujourd'hui, il faisait très beau.

De cet endroit, il pouvait apprécier le mélange multicolore des pétunias et des géraniums rouges dans leurs pots accrochés aux garde-fous du quai qui apportait une note colorée au décor. La mer était basse, seul un mince filet d'eau claire coulait dans le lit de la Laïta. François remarqua que les immenses marronniers situés sur l'autre rive près de l'Office du Tourisme avaient disparu. « Victimes de catastrophe naturelle » se contenta-t-il de lâcher, sans conviction. Mais déjà la maîtresse des lieux se présentait à leur table, tout sourire, pour présenter les suggestions du jour proposées par le chef. La commande passée, Phil poursuivit la discussion avec Kevin :

— Oui, tout à l'heure, vous me parliez des cours que vous suiviez aux Beaux-Arts en même temps que vos études en architecture.

— Où en étions-nous déjà avant d'entrer ? Ah oui. Que je venais de suivre des cours sur la peinture du XVIe et que, dans le même temps, je travaillais sur l'architecture de cette même époque. C'est pour cette raison que je vous disais, sans pouvoir me tromper, que la chapelle que j'avais aperçue était de style gothique flamboyant. J'ai effectué au crayon le croquis de quelques-unes ; la dernière d'entre elles se trouve à la Trinité, sur la route qui mène de Rosporden à Pont-Aven.

— Oui. Je vois très bien où elle se situe, s'empressa de dire François pour montrer qu'il s'intéressait à la conversation, même si ce n'était toujours pas le cas.

— À cette époque, ma mère qui aimait beaucoup l'Irlande et la Cornouaille anglaise m'avait emmené avec elle, pour un voyage culturel. Elle était très cultivée. Elle m'a fait découvrir le préraphaélisme et notamment les portraits préraphaélites…

Devant l'étonnement et les questions que semblaient se poser ses deux interlocuteurs, Kevin crut utile de préciser :

— Il s'agit d'un groupe de peintres anglais de l'époque victorienne, sous l'influence de Ruskin* qui était à la fois critique d'art, sociologue et écrivain anglais. Il exalta entre autres l'architecture gothique, soutint le mouvement préraphaélite ainsi que la renaissance des métiers d'art. Mais, pour en revenir à ce mouvement que ma mère voulait me faire connaître, il se nourrit d'une inspiration littéraire, symbolique, biblique ou historique… Je dois avouer que je

---

*Ruskin, né à Londres - 1819-1901 - Ère victorienne = Victoria 1re, 1829-1901.

n'ai pas accroché réellement. Ma mère disparue, j'ai laissé tomber cette école et je me suis alors passionné pour l'impressionnisme. J'ai lu énormément sur Gauguin, son art, l'école de Pont-Aven. Ce qui m'a le plus intéressé, ce n'est pas tant son premier séjour à Pont-Aven en 1886, mais surtout la période 1889-1890 qui suit l'insuccès de l'exposition impressionniste et synthétique qu'il organisa avec son ami Schuffenecker en marge de l'Exposition Universelle. Ce retour à Pont-Aven puis au Pouldu en octobre 1889 à la "Buvette de la Plage" tenue par Marie Henry, "Marie Poupée", qu'il a décorée durant l'hiver suivant.

Toujours pour se donner bonne contenance, François crut utile de rajouter :

— Oui. Mais il n'était pas seul au Pouldu.

— Non. Effectivement. De 1889 à 1993, d'autres artistes y séjournèrent comme Sérusier.

— Qui s'est retiré à Châteauneuf-du-Faou, surenchérit François, interrompant Kevin dans son élan.

— C'est exact, reprit Kevin. Mais, il y en avait d'autres comme Charles Filiger, Charles Laval, Emile Bernard et bien d'autres…

Phil voulut savoir ce qui l'intéressait dans cette période et où il voulait en venir.

— Cette condition d'artiste me fait totalement penser à ce que nous vivons dans le graff actuellement. Je m'explique. À la fin du XIXe, personne ne reconnaissait l'impressionnisme comme un art à part entière. Les décennies suivantes ont démontré l'erreur d'appréciation de cette époque. Aujourd'hui, dans le graff, nous vivons la même chose. Totalement rejeté cela fait encore dix ans, voilà qu'à présent il est exposé dans les plus grandes galeries d'art internationales.

Les échanges entre Phil et Kevin continuaient à rythme soutenu tandis que François subissait cet état de réplétion heureuse qui suit communément un bon repas.

La seule question qu'il se posait à cet instant, à propos de Kevin, était la suivante : « A-t-il au moins apprécié la finesse et la qualité du repas qui lui a été servi ? ».

À écouter Kevin depuis le matin, son avis avait évolué sur le jeune homme. Plutôt qu'un marginal, il voyait en celui-ci un intellectuel et sa préoccupation du moment était cette dernière : « Les intellectuels sont-ils des gens trop éthérés pour s'intéresser à la bonne table ? »

Quant à l'homosexualité de Kevin, il se surprit à constater qu'il n'y avait plus pensé, tellement les propos de celui-ci étaient passionnants. Il convenait dans son for intérieur que ce jeune homme était attachant.

Devant cette conversation sans fin et, pour lui, assommante, il eut subitement une idée.

— Sans vouloir vous interrompre et, malgré tout l'intérêt que présente cette discussion, je vous propose de continuer tranquillement tous les deux et, si vous me le permettez, je vais vous laisser quelques instants, le temps de me rendre à la gendarmerie qui se trouve tout à côté afin de rencontrer nos collègues et de les questionner sur ce qui nous préoccupe.

— Excellente idée, répondit aussitôt Phil. Nous restons encore un peu, je règle la note et nous nous retrouvons en dessous, chez Angèle, pour prendre le café ; nous t'attendrons.

— D'accord !

François n'attendit pas plus longtemps pour se lever et quitter aussitôt la table, laissant Phil et Kevin à leur conversation. Soulagé de pouvoir se retrouver seul, il traversa la salle, emprunta l'escalier, fit un rapide arrêt pour prendre un café avec Angèle avec qui il échangea quelques mots puis s'empressa de traverser la route et de rejoindre le pont pour se rendre à la brigade de gendarmerie. L'immense bâtiment, en travaux, qui abritait aussi le palais de justice et bien d'autres activités, se cachait derrière les échafaudages. Son ami, André Nicolas dit Dédé, adjudant-chef, venait juste de rejoindre son bureau. Ils étaient heureux de se retrouver. Ils ne s'étaient pas revus depuis l'affaire de l'année 2000. Les banalités échangées, François en vint à l'objet de sa visite.

Il lui expliqua en quelques mots les grandes lignes de son enquête actuelle et l'interrogea sur une éventuelle apparition de tags et graffs dans la région.

— Effectivement, François, j'en ai entendu parler ces derniers temps. Pas sur Quimperlé mais sur Moëlan-sur-Mer, Doëlan, Clohars-Carnoët surtout et sur Le Pouldu, je crois. Cette affaire ne dépend pas de ma brigade, je te propose de voir avec la compagnie, le capitaine doit être là, je t'accompagne si tu veux…

— D'accord, merci Dédé.

La compagnie se trouvait dans une autre aile du bâtiment. Ils traversèrent les locaux de la brigade pour se retrouver dans un immense hall qui donnait aussi sur l'arrière du palais de justice, le parc et différents bureaux. Dédé crut utile de préciser que la grande porte en bois était condamnée, « plan vigipirate oblige ! » Ils gravirent un escalier de pierre de l'autre côté du hall. François se dit, en admirant l'architecture de ce bâtiment très ancien, que Kevin eût vite fait d'en préciser l'époque, le style et apporter d'autres informations, ce qui le fit sourire intérieurement.

L'adjudant-chef conduisit François au bureau du capitaine commandant la compagnie et expliqua en quelques mots l'objet de la visite de François Le Duigou. Après un temps de réflexion, Celui-ci fournit spontanément quelques indications.

— Cette affaire est surtout du ressort de la brigade de Moëlan-sur-Mer qui couvre ce secteur. Nous avons effectivement enregistré des plaintes pour une recrudescence de tags et de barbouillages de toutes sortes.

Le mot barbouillage amusa François et le rassura : il n'était pas seul à ne pas comprendre l'importance de l'art du graff…

— Et vous avez une piste ?

— En réalité, c'est beaucoup plus complexe qu'il n'y paraît. Cette affaire nous échappe même partiellement car elle relèverait des Renseignements Généraux.

— Comment ça des RG ?

— Vous pouvez fermer la porte, s'il vous plaît ?

Ils étaient restés debout devant le bureau du capitaine sans prendre le temps de s'asseoir, pensant ne pas en avoir pour longtemps et ne voulant pas le déranger en débarquant de façon aussi impromptue dans son bureau.

— Merci. Asseyez-vous. Je vais vous donner les grandes lignes en quelques mots. C'est une affaire qui remonte à quelques mois pour ne pas dire à quelques années. Tout a commencé avec l'arrivée d'une famille non loin de Clohars-Carnoët. Un couple de jeunes retraités descendus de la région parisienne, mais originaires d'ici. Selon la fiche des RG, ils étaient cadres supérieurs dans l'industrie et militants actifs dans un mouvement trotskiste, mais dans l'aile dure. Les parents possédaient des immeubles sur Paris et eux aussi d'ailleurs. Ils ont tout vendu pour acheter des bâtiments de ferme. Ils disposent donc d'un important capital qui les met à l'abri du besoin sans compter qu'ils perçoivent une confortable préretraite de cadres. Disposant de temps libre, l'homme, aidé de son épouse, a décidé de fonder un mouvement politique révolutionnaire, le Groupe National Breton et de se présenter aux élections. Pour des raisons que j'ignore, cela n'a pas pu se faire aux dernières élections régionales et cantonales qui viennent de se dérouler récemment et il n'a pas pu non plus valider son inscription pour les européennes qui vont avoir lieu prochainement. Ce qui ne l'empêche pas d'être très actif dans la région et d'avoir un nombre croissant de sympathisants sur Clohars-Carnoët, Le Pouldu, Doëlan et ses environs. Le couple est soupçonné d'agir, indirectement, avec les groupes qui interviennent dans l'est et le sud-est de la France et d'organiser des réunions festives de type néonazi, d'où l'intervention des RG.

— Eh bien ! Il s'en passe des choses dans la région ! Je suis surpris car je n'en ai jamais entendu parler, précisa François qui s'était montré attentif aux propos du capitaine.

— Ce n'est pas étonnant. Ces agissements restent discrets. La presse n'en fait pas écho. Mais nous n'allons pas pouvoir les contenir très longtemps. Les débordements ne vont pas tarder, c'est certain. De toute façon, à la première occasion, nous interviendrons. Mais je vous invite plutôt à voir avec le major commandant la brigade de gendarmerie de Moëlan-sur-Mer. Il est en relation permanente avec les RG pour ce dossier qui reste, pour l'instant encore, confidentiel.

— Très bien. C'est ce que je vais faire, cet après-midi même.

— J'annonce votre visite au major.

François et son collègue prirent congé et rejoignirent les locaux de la brigade au rez-de-chaussée dans l'aile perpendiculaire au corps de bâtiment occupé par la compagnie. Avant de se séparer, ils échangèrent quelques propos amicaux.

Très heureux de ces informations, il se dirigea à grands pas vers chez Angèle. En chemin, il repensa aux RG. Il avait un ami qui y travaillait et lui avait dit que cette institution consacrait la moitié de ses activités à la lutte antiterroriste et à la surveillance des extrémistes. Qu'elle détenait plus de sept cent mille fiches et que près de quatre mille policiers et des milliers d'indics, véritable puissance occulte, remontaient chaque jour des centaines d'informations dont ils faisaient leur miel. Les “notes blanches” des affaires sensibles et les manifestations publiques représentaient l'autre moitié de leur activité.

Il retrouva Phil et Kevin devant un café. Il fut impossible à François de cacher sa satisfaction. Son visage rayonnant le trahissait. Il prit un autre café rapidement avec eux et les invita à prendre la voiture pour repartir sans tarder en direction de Moëlan-sur-Mer. Cette fois, Phil avait bien compris qu'il y avait du nouveau et tenta d'en savoir davantage.

— C'est intéressant ?

— Plus que ça ! Finissons les cafés et je vous en parle dès que nous serons en voiture.

François n'était pas mécontent d'entretenir ce petit

suspens. Il sentait ses deux accompagnateurs en haleine. Un peu frustré par cette matinée, il appréciait de reprendre la main. Il démarra la voiture, quitta son emplacement, gravit la côte vers la haute ville, passa devant la gare, les installations de l'abattoir, un des fleurons industriels de la ville. Les bâtiments de l'entreprise d'aliments pour chats affichaient ses marques. Il attendit de rouler en direction de Moëlan-sur-Mer pour commencer à parler. Il était temps, car il sentait bien que Phil ne tiendrait pas plus longtemps…

— Alors, tu nous en parles ou tu fais la gueule ? ne put s'empêcher de dire Phil, tandis que Kevin, stoïque, attendait.

— Ça vient, ça vient, répondit-il, satisfait de son petit numéro. J'ai rencontré notre collègue, tu sais Dédé Nicolas, de la brigade…

— Oui, je m'en souviens vaguement…

— Il m'a conduit à la compagnie, car le capitaine qui m'a reçu suit de loin une affaire qui dépend de la brigade de gendarmerie de Moëlan-sur-Mer. François rapporta alors les détails de l'entretien.

— Et vous pensez que ce sont ces personnes qui séquestrent Erwan ? demanda Kevin.

— C'est bien possible. Mais avant de nous rendre à la gendarmerie, nous allons tourner sur Moëlan-sur-Mer, Doëlan et enfin Clohars-Carnoët et Le Pouldu.

Arrivés au centre-ville de Moëlan-sur-Mer, ils firent le tour de l'église, mais ces lieux ne disaient toujours rien à Kevin, ce qui commençait à inquiéter les deux officiers de police. François se souvint alors qu'une chapelle se situait sur la gauche en sortant de la ville. Il se dirigea et tourna sur le parking qui se trouvait à côté.

— C'est là, cria Kevin ! J'en suis sûr, je la reconnais !

François arrêta sa voiture et demanda à Kevin de s'exprimer.

— Le fourgon s'était garé à peu près où nous sommes. Vous voyez, du véhicule je distinguais bien la chapelle et la fontaine qui est juste devant. Et je ne me suis pas trompé quant à son style. Comme cela se voit, elle a été rénovée, mais c'est un vrai joyau. L'homme qui attendait notre arrivée avec deux autres personnes, se trouvait un peu plus loin, là-bas, je ne distinguais pas entièrement la voiture car elle était garée de travers, mais il n'y a pas de doute, nous y sommes !

— Enfin ! Mais je me doutais bien que nous progressions dans cette affaire. Maintenant, je propose d'aller à Clohars-Carnoët, puis à Doëlan.

La voiture quitta le parking puis sortit de la ville. Le moral de l'équipe venait de passer au beau fixe d'un seul coup. Au centre-ville, la mairie affichait sa façade colorée, tandis qu'une fontaine moderne déversait son eau sur une dalle de granit. En circulant dans la ville, Kevin reconnut également les lieux. Ils découvrirent quelques graffs signés E.K. en lettres stylisées.

— Là, c'est nous ! En tout petit, au coin, ce sont nos initiales. Le fourgon s'était garé un peu plus loin et nous étions venus à pied. Erwan a effectué d'une seule traite ce dessin que j'ai complété. Quant à celui-là, c'était en revenant du petit port.

— Dans ce cas, il n'y a plus de doute. Il s'agit de Doëlan, allons-y ! lança François.

En route, sur des pans de mur, des transformateurs d'EDF, des piles de ponts et en divers endroits, Kevin reconnaissait leur travail et certains graffs ou tags signés d'Erwan. Cette fois, ils se trouvaient bien sur le terrain de l'action… où Erwan avait dû disparaître. Restait à savoir comment et où il se trouvait. François et Phil considéraient cette fois qu'ils avançaient dans cette affaire, ils remontaient le chemin, petit à petit…

Phil s'aperçut alors que, tout au long de la route, il n'avait pas parlé d'Erwan.

— Selon vous, quel genre de jeune homme est-il ?

— Erwan est quelqu'un de très secret… Je me demande même si, dans son entourage, ils le connaissent vraiment…

— À ce point ?

— Oui. Il est doux, calme, indépendant, intelligent, avec un côté un peu candide. Il aime les gens, mais ne s'impose jamais. Pour lui, tout le monde est bon, il ne voit le mal nulle part. C'est ainsi que je le qualifierai. Si ce n'est qu'il est adorable, rajouta-t-il d'une voix très basse, presqu'inaudible.

Phil regarda François à cet instant, mais la dernière phrase avait dû lui échapper car il ne cilla pas.

La voiture passait à présent devant un remarquable manoir qui attira l'attention de Kevin par son style. Mais, il ne se souvenait pas l'avoir vu lors de son périple, puisqu'il faisait nuit et qu'ils se souciaient davantage de ranger convenablement leurs bombes que d'observer le paysage qu'ils ne distinguaient guère. À présent, ils longeaient des vergers où des panneaux signalaient la cidrerie de Pen ar Ster. Dans l'euphorie ambiante, François se permit de recommander ce cidre pour accompagner des crêpes.

— Il est vraiment excellent ! insista-t-il.

La route descendait à présent. Encore quelques virages et le petit port de Doëlan fut en vue. François proposa d'emprunter la rive gauche dans un premier temps. Kevin reconnut aussitôt les lieux. Les viviers, les bistrots, le phare vert et blanc et son message "AVAL", plus loin la conserverie désaffectée, les maisons blanches à flanc de coteau. Et surtout la remarquable maison rose, tout au bout, véritable repère au large pour les bateaux. Cette fois, l'excitation était à son comble chez Kevin qui trépignait à l'arrière de la voiture et ne parlait plus d'art pictural ni d'architecture. Ils revinrent sur leurs pas pour franchir le pont, tout au bout de l'estuaire qui permettait d'accéder à la rive droite. Au-delà de l'enquête, Phil apprécia ce point de vue particulièrement typique du petit port breton. De l'autre côté, un phare rouge et blanc et son message “AMONT”, quelques boutiques et bistrots, la coopérative maritime. Ils descendirent sur le quai. Tout était parfaitement clair pour Kevin. Il se rappela, en revoyant les lieux, que le fourgon s’était arrêté devant le bloc sanitaire. Il se souvenait que lui et Erwan s’étaient rendus aux WC. Le chauffeur n’avait pas quitté son siège, par contre, le grand skinhead qui les accompagnait s’était rendu à pied, un peu plus loin, pour remettre quelque chose à un homme qui les attendait sur le quai. Ils avaient parlé, puis s’étaient séparés ; l’homme était descendu du quai sur une embarcation.

— Pourriez-vous reconnaître l’homme et, ou, le bateau ?

— Non, aucune idée. Je n’y ai pas prêté attention. Je n’étais pas intéressé par ce qui se passait.

— S’agissait-il d’un bateau de plaisance ou d’un bateau de pêche ?

— Désolé. Je ne sais pas. Je ne sais même pas s’il est descendu dans le bateau directement ou dans une annexe pour se rendre au bateau.

— Dommage, car nous aurions pu remonter au propriétaire et à vos “zèbres” ! se contenta de dire François.

— Je m’en doute. Je comprends bien. Kevin fit un effort pour dissimuler son embarras et prêter à la question l’attention qu’elle méritait. Il parut très contrarié de ne pouvoir fournir de précisions. Il poursuivit :

— Mais vraiment, j'étais à cent lieues, ce soir-là, de me douter que cette sortie allait prendre une telle importance. Vous vous doutez bien que je n'aurais pas réagi de la même manière dans ce cas.

— Le moindre détail de cette soirée qui vous revient, comme celui que vous venez de donner, prend toute son importance. Nous tenons le bon bout Kevin, courage ! Faites appel à votre mémoire ! demanda Phil en se montrant rassurant dans ses propos.

Phil voulait éviter de culpabiliser Kevin. Tout reposait sur ses épaules dans le moment.

Après avoir répertorié les différents endroits qui avaient reçu la visite d'Erwan et de Kevin ou d'Erwan seul, ils reprirent le chemin inverse. Phil fit quelques photos. Ils se sentirent observés par les badauds, les visiteurs de passage, les pêcheurs, les habitants du petit port. Étaient-ils tout simplement intrigués ? Impossible de le savoir. Une des personnes en liaison avec le groupe se trouvait-elle là ? À cette idée, une crainte germa aussitôt dans l'esprit de Phil. Si quelqu'un du groupe ou pouvant renseigner le groupe avait suivi leur manège, Kevin risquait de se retrouver, dès lors, en danger. Il garda cette pensée pour lui. Le moment venu, il en parlerait à François en aparté. Mais ceci le préoccupait néanmoins.

En quittant le petit port, ils passèrent devant un chantier nautique puis prirent la direction de Clohars-Carnoët et du Pouldu, question de circonscrire au maximum le terrain d'intervention. François voulut faire partager à ses passagers quelques souvenirs de jeunesse. Quand il venait avec ses parents, certains dimanches, se promener jusqu'ici, il se rappelait que son père l'emmenait toujours jusqu'à la Roche Percée et qu'il rendait une visite à Hippolyte dans sa cabane.

— De Quimperlé à ici, tout le monde le connaissait ! C'était un pêcheur exceptionnel, autant en mer qu'en rivière, un homme attachant… Cela fait des années qu'il n'est plus, mais je crois que les gens continuent à passer à sa cabane… rajouta-t-il, la voix pleine de nostalgie.

Tout au long du chemin, Kevin reconnut encore, à plusieurs reprises, le travail personnel d'Erwan. En approchant du carrefour et du moulin à vent sur la colline, ils se dirigèrent vers la côte, vers la plage du Kérou, puis vers Le Pouldu. La route offrait un panorama magnifique. Ils remarquèrent que, curieusement, tous les panneaux de signalisation routière avaient le verso peint en bleu marine. À différents endroits, Kevin reconnut le coup de main d'Erwan. Mais lui ne se souvenait pas d'être venu dans ces lieux. En prenant la direction du port du Pouldu, la rue montait, laissant sur la droite la maison "Marie Henry", mais pas question de parler d'art. Leur attention se portait ailleurs. Ils descendirent sur le petit port. Sur l'autre rive de l'estuaire de la Laïta, Guidel se mirait dans les flots.

Kevin ne se souvenait pas être venu sur ce quai. La

tension tombait, il fallait reprendre la direction de la brigade de gendarmerie de Moëlan-sur-Mer. Pour détendre ses deux passagers, François évoqua l'abbaye de Saint-Maurice, sûr de provoquer l'intérêt de Kevin.

— J'en ai entendu parler. Pour ce que je sais, il s'agit des ruines de l'abbaye cistercienne de Saint-Maurice, fondée au XIIe siècle. Il me semble que subsiste encore la salle capitulaire du XIIe siècle. Je n'en sais pas plus et je ne m'y suis jamais rendu.

— Quant à moi, poursuivit François, je connais les lieux pour leur cadre boisé en bordure de la Laïta. Je vous invite d'ailleurs tous les deux à vous y rendre, c'est un lieu de promenade très prisé, à juste titre.

Une fois de plus Kevin démontrait qu'il maîtrisait parfaitement son sujet, plus sensible à l'architecture et à l'histoire qu'au cadre bucolique des lieux.

Puis soudain, en prenant la voie à sens unique pour quitter Le Pouldu, François eut une idée lumineuse, question de surprendre Kevin.

— Connaissez-vous la chapelle Notre-Dame-de-la-Paix du Pouldu ?

— Non, avoua-t-il humblement.

— Pas étonnant ! C'est une chapelle qui a été démontée pierre par pierre, celle de Nizon, près de Pont-Aven, pour être reconstruite ici dans un pré en 1958 ! D'ailleurs, à l'entrée du parc, a été installée une stèle en granit en mémoire de Gauguin et de ses amis, compléta-t-il…

— Je l'ignorais.

Cette fois, François se sentit assez fier de lui et, dominant son auditoire, il se permit même une blague :

— Savez-vous pourquoi, dans une petite ferme située entre Le Pouldu et Clohars, des jumeaux agriculteurs, je vous parle des années cinquante, n'allaient à la messe qu'un dimanche sur deux, à tour de rôle ?

— Non. Je dirais pour pouvoir garder la ferme et assurer une présence, peut-être, proposa Phil pour jouer le jeu de François.

— Non ! Pas du tout ! Ils ne possédaient qu'un costume pour deux !

Ceci fit bien rire François... mais seulement lui !

Ils arrivèrent rapidement à Moëlan-sur-Mer. Ils contournèrent l'église pour prendre la rue des Moulins, passèrent devant la mairie, l'Office du Tourisme, les résidences des gendarmes pour s'arrêter à droite le long du mur de pierre de la gendarmerie. En franchissant la porte d'entrée, ils remarquèrent une affiche apposée sur la vitre qui exposait le portrait des personnes disparues en France. Erwan n'y figurait pas encore. Ils n'eurent pour interlocuteur qu'un jeune stagiaire. Le major et quelques hommes avaient dû partir précipitamment sur un accident très grave qui venait de se produire sur la route de Quimperlé. Contrariété et consternation se lisaient sur les visages. Le stagiaire tenta de joindre le major sur son portable, sans succès. Ignorant le temps qu'il fallait attendre, Kevin proposa de se rendre à la chapelle et de revenir un peu plus tard, le temps de découvrir le site. Peut-être qu'au retour, le major serait revenu.

La proposition fut acceptée par François et Phil. Quelques minutes plus tard, après avoir garé leur véhicule sur le parking, ils se dirigèrent tous les trois à pied vers l'ensemble religieux Saint-Philibert et Saint-Roch. Dans un angle du parking, un homme, assis sur une chaise pliante, croquait au fusain l'édifice religieux. Il prenait quelques photos de temps à autre puis posait son appareil à ses pieds. Kevin, fort intéressé par ses travaux, s'approcha de lui et lui adressa la parole. L'homme, les cheveux argentés, devait avoir soixante-dix ans environ. Très courtoisement, il se mit à parler avec Kevin, commentant les édifices avec force détails :

— Autrefois, la fontaine Saint-Roch qui date du XVIe siècle, située devant vous, constituait le point d'eau principal et le lavoir des habitants du bourg. Cette construction est intéressante par son édicule rectangulaire composé d'un toit en bâtière couvrant une arcade dans laquelle une niche voûtée en coquille abrite la statue de Saint-Roch. Entourée d'un muret à bancs de pierre, elle compte deux bassins. L'eau du premier, dédié à Saint-Roch, guérissait des maladies contagieuses, celle du second, dédié à Saint-Philibert, soulageait les maux de ventre. Quant au calvaire, situé entre la fontaine et l'entrée de la chapelle, il date de la même époque. Cet enclos paroissial en granit repose sur une table d'offrande surmontée d'une Piéta et se compose de trois fûts de colonnes portant les croix. Mais, j'y pense tout d'un coup, tenez, j'ai pris plusieurs dépliants à l'Office de Tourisme, je vous en donne un, ce qui vous permettra d'avoir tous les renseignements.

Kevin le remercia et s'éloigna afin de ne plus le déranger dans ses travaux. Il lut entièrement le document tandis que Phil et François attardaient leurs regards sur le parc, les hortensias, les rhododendrons et les grands arbres qui entouraient la chapelle, appréciant ce cadre exceptionnel.

Kevin, document à l'appui, joua au guide durant quelques minutes. Il indiqua que la chapelle, nichée au fond de la place, avait été édifiée en forme de tau. Il précisa aussitôt qu'il s'agissait d'une figure héraldique en forme de T. Elle avait été construite en l'honneur de Saint-Philibert puis dédiée à Saint-Roch lors des épidémies de peste.

La chapelle étant fermée, ils se contentèrent des commentaires du dépliant.

Selon ces sources, le porche était autrefois réservé aux lépreux qui étaient interdits de messe avec les autres paroissiens.

Ils apprirent aussi que Saint-Philibert avait été vénéré très tôt en raison des échanges maritimes entre la côte bretonne et l'île de Noirmoutier où il avait créé sa fondation. Le culte du saint homme avait sans doute été propagé par les moines de Landévennec qui possédaient des terres à Moëlan-sur-Mer.

Kevin allait évoquer les détails concernant de remarquables statues encore présentes dans la chapelle quand il s'aperçut que François n'avait que faire de ses commentaires et que l'attention de Phil faiblissait. Les deux officiers de police ne partageaient pas sa passion ! Le temps passait. Ils décidèrent d'un commun accord de revenir à la brigade.

Même désillusion. Dans l'intervalle, le stagiaire avait pu joindre le major qui proposait de les recevoir le lendemain matin. N'ayant pas d'autre choix, ils reprirent la route en passant par Riec-sur-Belon pour rejoindre la voie express en direction de Quimper.

Ils raccompagnèrent Kevin à son domicile. Ils le tiendraient informé de l'évolution de l'enquête.

François et Phil purent s'installer à leur bureau en fin de soirée. Phil avait fait part de ses inquiétudes concernant Kevin si le groupe apprenait leur démarche. Ils décidèrent d'aller en parler au patron.

Dans l'heure qui suivit, ils rendirent compte de leur journée au boss.

— Hum, hum. Votre affaire prend une drôle de tournure. Je ne trouve pas ceci très rassurant pour l'avenir du jeune Erwan.

— Que proposez-vous pour Kevin ?

— J'en réfère demain matin au substitut et au procureur et nous aviserons ensuite. Mais, à mon avis, si les RG sont dans le coup, on ne doit pas être en présence d'enfants de chœur. Je pense que, par prudence, il sera décidé une protection rapprochée ou un éloignement de quelques jours, le temps de faire avancer l'enquête.

— Ce serait une sage précaution, rajouta Phil, toujours inquiet.

— Avez-vous rédigé votre procès-verbal ?

— Oui, je viens de le terminer, répondit Phil. Avant de partir, je vous le bascule sur votre poste.

— Oui, je veux bien. Mais je vais m'en aller, pouvez-vous m'en éditer une copie afin que je la joigne au dossier que je vais emporter ce soir, car, demain matin, je me rendrai directement chez le procureur avant de venir au bureau.

Ils se quittèrent sur ce dernier point. Chacun s'interrogeant sur l'avenir que leur réservait cette enquête. Si les avis divergeaient, une même inquiétude les animait.

François et Phil appelèrent la maman d'Erwan pour savoir si de nouveaux charlatans s'étaient manifestés ou si Jean-Charles de Kermelen les avait rappelés.

— Non… Nous n'avons pas eu de contacts de nouvelles personnes. Monsieur de Kermelen n'a pas appelé, non plus. Vous y croyez, vous, à son histoire ?

— Il faut le laisser faire. Il n'y a pas de risque. La gendarmerie de sa commune m'a plutôt donné de bons renseignements sur lui.

— Et vous, avez-vous du nouveau ?

— Oui. Nous avançons et les jours qui viennent vont être décisifs.

— Vous dites ça pour me rassurer, mais je sens bien que vous ne savez rien de plus.

Les deux officiers de police judiciaire crurent percevoir dans sa voix comme un mélange d'incrédulité et de mépris. Elle marqua un silence avant de reprendre plus calmement :

— Après la folie médiatique et la réaction des gens des premiers jours, j'ai l'impression que je vais me retrouver seule dans cette affaire face à ma douleur, sans pouvoir trouver la moindre explication… Vous ne pouvez pas comprendre… Vraiment, c'est dur…

La femme se mit à pleurer doucement… Entre deux sanglots, elle précisa :

— C'est très dur. Je ne sais pas si je vais tenir…

Une passion soudaine la submergea et les mots semblaient sortir de sa bouche contre son gré. Elle se laissa alors aller à pleurer abondamment.

— Courage, Madame. Je vous jure que nous avançons. Vous verrez, promis !

Le mari prit le combiné pour terminer l'entretien. Phil et François raccrochèrent, le cœur brisé par cette douleur maternelle.

Ils n'étaient pas glorieux de laisser ainsi cette pauvre femme dans la tourmente, mais que pouvaient-ils faire de plus pour l'instant ?

Plus décidés que jamais, Phil et François attendaient le lendemain matin pour rencontrer la brigade de gendarmerie de Moëlan-sur-Mer. Ils devaient agir mais ils ne savaient pas encore comment…

Ils éprouvaient une farouche envie de mettre un grand coup de pied dans la fourmilière de ce groupe, plus convaincus que jamais que les réponses concernant le sort d'Erwan se trouvaient là.

X

Jeudi 13 mai matin.

Bien avant l'heure habituelle, Phil et François s'activaient sur leur dossier. Le patron, Yann Le Godarec, devait certainement se trouver chez le procureur. Il venait de basculer sur leur poste informatique, par le réseau intranet, un point établi sur cette enquête, reprenant l'activité des gendarmes et celle de la "cellule spéciale 29". Plus de cent personnes travaillaient actuellement sur cette affaire. Le patron avait rajouté, en fin de rapport, en marge : « *bon courage, je crois que vous seuls tenez le bon bout !* ». Ces quelques mots les motivèrent plus que jamais.

Ils étaient prêts à partir. Mais Phil proposa d'aller chercher un café au distributeur pendant que François téléphonerait au major de la brigade de Moëlan-sur-Mer pour s'assurer de sa présence.

— François, tu veux un serré ou un déca ? Phil prenait toujours cette ultime précaution car, selon l'humeur du jour, le choix était différent…

— Un serré ! Car, aujourd'hui, on va les serrer !

En marchant dans le couloir, pour rejoindre le

distributeur, il se retrouva nez à nez avec un collègue, lieutenant comme lui, mais nouvellement affecté à Quimper.

— Ah, Phil, j'allais te voir. Tu t'occupes bien d'une affaire de tags avec François, non ?

— D'une affaire de tags, non, d'une disparition, oui !

— Oui, je sais, excuse-moi. Mais il est bien question de tags, n'est-ce pas ?

— Ça dépend, pourquoi ?

— Voilà, j'ai un couple dans mon bureau qui est venu pour porter plainte. Leur fils a été tabassé cette nuit et, sans doute même, laissé pour mort par ses agresseurs. Le jeune homme faisait des tags ou des trucs de ce genre du côté des friches industrielles du Corniguel.

— Et le gamin, où est-il ?

— À l'hôpital Laënnec. Il serait sérieusement amoché, mais il est resté conscient et il aurait dit à sa mère, à plusieurs reprises : « Erwan… Erwan… »

— Là, ça change tout. Il est où le couple ?

— Dans mon bureau, viens…

Une lumière venait de s'allumer dans le cerveau de Phil. Le café attendrait.

Le couple était assis sur les chaises disposées en face du bureau du lieutenant. Après avoir salué les deux personnes, Phil s'assit près de son collègue.

L'homme, d'une cinquantaine d'années, portait un costume gris et une chemise bleu pâle, mais pas de cravate. Brun, bien coiffé, sa barbe naissante lui donnait un air dur. La femme, un peu plus jeune, semblait-il, portait un chemisier blanc sous une veste anthracite, un pantalon noir et des chaussures noires également, fines et vernies. Leur visage très tendu paraissait défait, marqué par les angoisses de la nuit et l'absence de sommeil.

Phil les regarda bien en face et s'adressa à eux, calmement :

— Je suis le lieutenant Bozzi. Mon collègue vient de me faire part de ce qui est arrivé à votre fils. Je veux vous entendre, car ce que vous lui avez dit m'intéresse au plus haut point. Nous allons prendre notre temps et vous allez tenter de vous souvenir aussi précisément que possible de tout ce qui s'est passé. Voulez-vous un café ou un verre d'eau, avant que nous commencions ?

La femme se tourna vers son mari. Un bref dialogue muet s'établit entre eux par le regard. Ils parurent rassurés et l'homme prit la parole :

— Oui. Nous voulons bien un café. Sans sucre pour moi, avec sucre pour mon épouse.

— Très bien. En veux-tu un aussi ? demanda Phil à son collègue.

— Oui, je veux bien.

— Phil appela le gardien de la paix de service et commanda quatre cafés.

Phil avait toujours remarqué que ce petit geste de convivialité facilitait les rapports et il ne manquait pas l'occasion d'établir un tel climat à chaque fois que cela lui paraissait utile. De toute évidence, ici, c'était le cas. Les cafés servis, Phil se saisit d'un bloc et entreprit d'écouter le couple. L'homme commença, tout en jaugeant les deux officiers de police du regard :

— Voilà… Cette nuit, entre onze heures et minuit…

— Pouvez-vous être plus précis ?

— Il était vingt-trois heures trente. Stéphane, le copain de notre fils Jérémy, nous a appelés de son portable pour nous dire que Jérémy était attaqué par des skinheads, près des bâtiments désaffectés du port du Corniguel. A priori, c'est à lui qu'ils en voulaient et à lui seul, car ils n'ont rien fait pour retenir Stéphane qui s'est échappé à toutes jambes. Il est revenu sur ses pas pour veiller de loin à ce qui se passait. Il n'a pas tout entendu, tout au moins au début… Il marqua un temps de silence, regarda son épouse, puis continua. En gros, il voulait savoir où habitait le copain d'Erwan.

— Quel copain d'Erwan ? demanda Phil.

— C'est-à-dire que Jérémy est dans le même lycée que ce jeune Erwan qui a disparu…

— Dans la même classe ?

— Non. Notre fils Jérémy a deux ans de moins. Il n'est qu'en seconde.

— Est-ce que votre fils et Erwan se fréquentaient ?

— Non. Je ne sais pas si je dois vous le dire.

Il regarda une nouvelle fois son épouse l'encouragea du regard.

— Je sais que c'est répréhensible, mais Jérémy est un adepte des graffs…

— Nous ne sommes pas ici pour porter un quelconque jugement. Une seule chose nous importe, votre fils a été agressé et nous devons retrouver ses agresseurs. Il se pourrait bien, ensuite, que ces agresseurs puissent nous intéresser pour une autre affaire aussi vous doutez-vous bien que le fait de taguer nous importe peu. Est-ce que nous sommes d'accord ?

— Oui. Euh… oui, oui, répondit-il, soulagé.

— Que pratique votre fils le tag ou le graff ? Seul ? En groupe ?

— Avec son copain Stéphane, ils se passionnent pour le graff, plus tard il voudrait être designer. Les jeunes cherchent leur voie d'une façon différente de notre époque. Au début, nous lui faisions la guerre mais comme il est sérieux, il ne fume pas, ne boit pas d'alcool, alors on a arrêté. Il faut vous dire qu'en 68, j'avais des cheveux longs, j'ai fumé de la marijuana et, avec mes économies en travaillant l'été, je me suis rendu à Katmandou, au grand dam de mes parents. Ceci ne m'empêche pas d'être à la tête, aujourd'hui, d'une entreprise importante de Quimper… Je ne sais pas si vous me comprenez ?

— Si. Tout à fait. Rassurez-vous, Monsieur. Vous ne m'entendrez pas blâmer les jeunes. En grande majorité, ils se battent pour réussir. Pour découvrir leur personnalité, certains font du sport, d'autres, de la musique. Que ce soit même par le tag ou le graff, l'important c'est qu'ils trouvent ce qu'ils veulent véritablement faire et j'imagine qu'il en est ainsi pour votre fils Jérémy ou son copain Stéphane. Que savez-vous d'Erwan ?

Ils se regardèrent tous les deux. Ils semblaient désolés et sincères de ne rien savoir sur ce point.

— Savez-vous si nous pouvons rencontrer votre fils à l'hôpital ?

— Je ne sais pas. Nous allons nous rendre à son chevet. Je vous appelle si vous voulez, si le médecin nous autorise à lui parler.

— D'accord. Voici ma carte. Vous pouvez m'appeler sur le portable à n'importe quelle heure du jour et de la nuit pour cette affaire.

— Où pouvons-nous joindre Stéphane ?

— Voici son adresse…

L'homme inscrivit les coordonnées du jeune homme sur une note adhésive qu'il prit dans le bloc posé sur le bureau du lieutenant.

Il rajouta :

— Il vit seul avec son père dans un appartement situé dans un petit immeuble qui longe le chemin de l'Horloge, vous savez, sur le bord de l'Odet… Ce n'est pas très loin de l'embarcadère pour Bénodet, vous verrez. Il a ramené le scooter de notre fils chez lui, nous l'avons raccompagné en le suivant en voiture.

— Avez-vous connaissance du signalement des agresseurs, de leur nombre, de leur véhicule ou de toute autre information ?

— Non. Désolés. Nous sommes arrivés presque en même temps que le SAMU sur les lieux de l'agression et, quand nous avons découvert notre fils, notre seule préoccupation a été de le voir pris en charge.

— Bien entendu. Je comprends. Vous avez bien fait de venir porter plainte. Si cela peut vous rassurer, nous avons une idée des agresseurs. Il ne nous manque que quelques détails et des preuves pour les arrêter.

— Merci. Merci, Monsieur, c'est terrible. Ils sont fous de s'être acharnés de la sorte sur notre fils ! C'est incroyable… cette violence… déclara la femme avant de se mettre à pleurer.

— Je vais vous laisser avec mon collègue afin qu'il enregistre votre plainte. Dès à présent, nous allons nous rendre chez Stéphane. Pensez-vous qu'il soit chez lui ?

— Oui. Il ne s'est pas rendu au lycée car il a terriblement peur de les rencontrer. Il a vraiment été choqué, répondit l'homme spontanément. Son père travaille de nuit, il a dû rentrer pour maintenant.

— Très bien. Bon courage et je souhaite un bon rétablissement à votre fils. Nous allons nous occuper de ses agresseurs. Rassurez-le !

Sans plus attendre, Phil prit congé et se dirigea précipitamment vers le bureau de François. Sa place était vide. Il partit en courant vers celui du patron à l'étage. Personne. Le patron n'était toujours pas arrivé et pas de François. En revenant à son poste, il l'aperçut qui apportait deux gobelets de café fumant. Avant même de laisser parler Phil, François lui lança :

— Mais alors Phil ! Qu'est-ce que tu fiches ? Je te cherchais partout ! Et merci pour le café ; au distributeur, personne ne t'a vu, alors j'ai cru bon de t'en tirer un !

— Tu as bien fait, merci ! J'ai du nouveau !

— À quel sujet ?

— Au sujet des types qui ont enrôlé Erwan, pour ne pas dire autre chose pour l'instant. Tu te souviens, c'est un jeune du lycée qui avait proposé à Erwan de travailler pour le mystérieux groupe…

— Oui. C'est du moins ce qu'a dit Kevin, et alors ?

— Nos loulous cherchent maintenant Kevin. Et pour cela, je crois qu'ils sont prêts à tout. Ils ont tabassé le jeune qui leur avait présenté Erwan, pensant qu'il devait connaître Kevin et son lieu de résidence. Mais comme il ne devait sans doute rien savoir, il n'a rien pu dire. Résultat, il s'est retrouvé à l'hôpital.

— Merde alors ! Et c'est grave ?

— Je ne sais pas, selon ses parents qui sont venus porter plainte, il serait sérieusement blessé tout de même.

— Les fumiers !

— Alors, en priorité, je propose d'aller rendre visite au copain du jeune qui est à l'hôpital et qui a été témoin de l'action pour qu'il nous donne des renseignements sur les loulous. Et les parents nous appelleront quand leur fils, Jérémy, pourra nous parler. Et ton major ?

— Ça tombe bien, il ne peut pas nous recevoir ce matin avec l'affaire qu'il a sur les bras. Il ne nous recevra que cet après-midi. Il m'en a dit deux mots, l'organisation est importante. Enfin, il nous expliquera…

— On boit ce café et on y va ?

Une demi-heure plus tard, ils garaient leur voiture de service sur le parking de l'embarcadère et se dirigeaient à pied vers l'adresse indiquée par les parents de Jérémy, Chemin de l'Horloge.

L'immeuble, sans être vétuste, devait dater des années soixante. Le soubassement qui devait correspondre aux caves était complètement recouvert de tags et de graffitis. Le type de carrelage qui recouvrait le sol du hall et les escaliers confirmait la période de construction de l'immeuble. Ils sonnèrent à la porte de l'appartement. Un homme vint ouvrir, il parut étonné de recevoir la visite de deux officiers de police. Il les fit entrer dans le salon.

Malgré son agrégat de neuf et de vieux, la pièce portait les marques du soin avec lequel un homme discipliné entretient ses biens personnels. L'homme les reçut avec un respect sans apprêt. Il était grand, sec, dégarni, portait des vêtements trop classiques pour n'être pas à la mode.

— Nous souhaitons rencontrer votre fils, Stéphane.

— Il est dans sa chambre, je vais vous le chercher.

Il quitta la pièce pour rejoindre un couloir, sans poser la moindre question. Phil et François parcoururent la pièce du regard. Elle était triste et mal proportionnée, meublée, non pas de mauvais goût, mais sans goût du tout. Un énorme canapé faisait face à deux fauteuils du même style, séparés par une petite table basse encombrée de revues. Une lourde table occupait le centre de la pièce qu'elle se partageait avec quatre chaises massives en bois et un meuble bas de même type. Malgré le soleil, la pièce était sombre et froide. Aux murs recouverts d'un papier jauni qui devait dater de deux ou trois décennies, il n'y avait que des photos encadrées.

L'homme reparut accompagné de son fils. Ils s'installèrent tous les quatre au salon. Avant de s'exprimer, Phil et François considérèrent les deux visages qui leur parurent revêches et même un peu hostiles. Il fallait les amadouer…

— Stéphane, nous ne venons pas du tout pour te parler de tags ou de graffitis ni te faire le reproche de quoi que ce soit. Je veux que ce soit bien clair entre nous. Nous avons besoin de toi pour ce qui s'est passé cette nuit. Nous venons de rencontrer les parents de ton copain Jérémy. Nous avons besoin de quelques informations pour arrêter les agresseurs de ton copain, est-ce que nous sommes d'accord ?

Il approuva de la tête sans répondre.

Son père parut étonné de la forme que prenait l'entretien et se tourna vers son fils. Phil s'adressa au père pour situer le contexte et ce qui motivait leur visite.

— Est-ce que votre fils vous a parlé de ce qui s'est passé cette nuit, Monsieur ?

— Je viens de rentrer, il y a moins d'une heure. Je travaille de nuit. Quand j'ai vu qu'il n'était pas parti à l'école, je lui ai demandé s'il était souffrant. C'est là qu'il m'a dit que Jérémy s'était fait tabasser par un groupe, et qu'il avait peur de les retrouver à la porte du lycée. Mais il ne m'en a pas dit plus. J'ai pensé qu'ils avaient peut-être fait leurs dessins sur les peintures d'un autre groupe ou quelque chose comme ça. Moi, je n'y connais rien et je n'aime pas beaucoup quand il traîne la nuit dans les rues. Mais quand je suis au travail, je ne suis pas derrière lui.

— Bien entendu. Nous comprenons parfaitement. Mais soyez rassuré, Monsieur, nous ne sommes pas là pour parler de leurs peintures comme vous dites, ni pour porter le moindre jugement sur ce sujet, mais pour identifier des agresseurs et les arrêter, car ils sont soupçonnés d'avoir participé à d'autres faits bien plus graves encore, rajouta François qui sortit son bloc pour prendre des notes sur l'entretien, laissant Phil intervenir.

— Stéphane, je demande toute ton attention. Il faut que tu fasses un effort de mémoire, car je veux que tu nous dises précisément ce qui s'est passé et que tu répondes à nos questions. Mais avant, je voudrais noter quelques informations. Es-tu dans la même classe que Jérémy ?

— Non. Lui est en seconde au lycée général et moi je suis au LP, au lycée professionnel.

— Comment as-tu connu Jérémy, alors ?

— Lors d'un atelier de graphisme organisé par la Maison des Jeunes et de la Culture. C'était pendant les vacances scolaires d'hiver. Nous partageons la même passion, alors, depuis, nous nous retrouvons souvent. Nous ne faisons rien de mal. Pas de drogue, pas d'alcool, j'vous jure, M'sieur…

— Oui, oui, nous le savons. Maintenant, raconte-moi dans le détail la soirée d'hier. Où vous êtes-vous retrouvés ?

— Ici. C'est très pratique pour se rendre dans les bâtiments abandonnés de la zone du Corniguel.

— Aviez-vous prévu d'y aller depuis longtemps ?

— Non. Ça c'est décidé au dernier moment, hier soir, car les parents de Jérémy étaient invités à une soirée et le temps était bien sec.

— Quelle heure était-il quand Jérémy est arrivé ?

— Juste après dix heures, enfin je veux dire vingt-deux heures, dès que papa est parti travailler.

— Qui a décidé de l'endroit ?

— Nous l'avons décidé ensemble et Jérémy m'a emmené sur son scooter, car moi je n'ai qu'un vélo. Nous avons mis notre parka, pris nos bombes de peinture, notre sac à dos et nous sommes partis. Il devait être entre vingt-deux heures quinze et vingt-deux heures trente.

— Par où êtes-vous passés ?

— Nous avons remonté le chemin de l'Horloge pour rejoindre ensuite l'avenue du Corniguel, c'est tranquille par là, il n'y a pas de ke..., euh, je veux dire de police.

— Est-ce que vous étiez seuls en arrivant ?

— Oui. Nous avons cherché notre pan de mur. Nous avons regardé et écouté avant de sortir le matos et de commencer. Il n'y avait rien. On voulait juste se faire un plan. Jérémy voulait rentrer avant vingt-trois heures trente, l'heure de retour de ses parents. Nous venions juste de commencer quand on a vu le fourgon arriver au ralenti. On a tout ramassé vite fait, prêts à déguerpir. Le fourgon s'est arrêté. Un type est sorti et est venu vers nous...

— Quel genre de type ?

— Skinhead, grand, avec de longs bras maigres, il portait des vêtements en cuir et des santiags. Jérémy m'a paru le connaître, alors on n'a pas bougé.

— Il était seul ?

— Non, l'autre est resté au volant. Moi, j'étais à quelques mètres de Jérémy, près de son scooter. Ce qui m'a surpris sur le coup, c'est qu'au lieu de le saluer, ce qu'allait faire Jérémy, le skin l'a agrippé pour ne plus le lâcher. Je n'ai pas trouvé ça normal. J'ai commencé à m'écarter, tout doucement et sans bruit, et là, ça a commencé... J'ai entendu le skin dire : « où t'étais passé ? On te cherche depuis plusieurs jours ! ». Il a secoué Jérémy et lui a mis une baffe. Là, je me suis dit que ça devenait inquiétant. J'ai pris le sac de Jérémy et je suis parti en courant car je voyais le chauffeur qui sortait du fourgon pour venir vers nous et là, je me suis dit qu'à tous les coups, c'est moi qu'il prendrait. Le skin a gueulé « attrape l'autre petit con, il est en train de se barrer ! » Je connais la zone comme ma poche et je suis bon à la course, le gros porc de chauffeur ne risquait pas de me rattraper ! dit-il, en esquissant, malgré tout, un faible sourire.

— Comment était-il ?

— Grand. Gros. Une armoire à glace, genre videur dans les boîtes. Des cheveux longs, une barbe, c'est tout ce que je peux dire.

— Bien, et ensuite…

— Je suis revenu par un autre chemin, sans bruit, pour voir ce qui se passait, sans me faire remarquer.

— Le grand costaud tenait Jérémy et l'autre lui tapait dessus. La seule chose que j'entendais et qui revenait sans cesse, c'était : « qui est le copain de ton pote Erwan, où il habite ? » La disparition d'Erwan, j'en avais entendu parler comme tout le monde. Pour le reste, je n'en savais rien et sans doute que Jérémy non plus. Il n'arrêtait pas de dire : « j'sais pas… puisque j'vous dis que j'sais pas, c'est vrai… j'vous jure… ». Un moment, il a utilisé une petite barre ou une matraque, je ne voyais pas bien et il a tapé dans le ventre de Jérémy. J'étais terrorisé. Heureusement que j'avais pris le sac à dos de Jérémy, car j'ai trouvé son portable dedans ; moi, je n'en ai pas. J'ai appelé les parents de Jérémy, mais ça ne répondait pas. J'ai alors pensé appeler le SAMU en faisant le numéro spécial. J'ai expliqué. Ils ont été sympas et ont tout de suite compris le drame qui se jouait. Ils ont dit qu'ils arrivaient dès que possible. J'ai rappelé les parents de Jérémy. Une fois de plus, rien, le répondeur. J'ai rappelé encore un peu plus tard, je les ai eus, ils venaient juste d'arriver. Ils ont dit qu'ils venaient aussi.

— Et avez-vous appelé la police ?

— Non. Pas les keu… A cause de nos tags…

— Et alors, que s'est-il passé ?

— Le barbu a laissé tomber Jérémy par terre. Je ne savais pas s'il feintait ou s'il était KO. Là, j'ai eu très peur, car le type a dit « le petit con est naze, je vais chercher un bout de corde au fourgon, on l'attache et on le balance à la baille. » J'étais terrifié, là j'ai crié de toutes mes forces de mon coin, sans me montrer : « vous êtes foutus, j'ai appelé les keufs et le SAMU ». Ils ont parlé entre eux, le grand maigre a dirigé sa grosse torche vers moi, je me suis planqué… Le grand costaud revenait du fourgon avec une corde, le grand maigre a alors gueulé : « non, arrête tes conneries, dégageons… » L'autre lui a répondu : « ta gueule, je sais ce que je fais, pas de trace ! Mort, il ne parlera plus… » Le skin n'était pas d'accord : « Arrête j'te dis… tu fais chier… tu ne crois pas que ça suffit comme ça ? » Je priais le bon Dieu que le SAMU arrive, j'étais mort de trouille. Et, là, au loin, on a entendu le klaxon du SAMU, ou des pompiers, ou de la police… Ils se sont arrêtés pour mieux écouter. Quand ils se sont aperçu que le son venait vers nous, ils se sont dirigés en courant vers le fourgon et sont partis. Je suis sorti de ma cachette pour me rendre près de Jérémy au moment où l'ambulance du SMUR arrivait. Je leur ai fait signe et ils se sont précipités vers lui. J'étais fou de joie. Je les aurais tous embrassés. Mes jambes tremblaient. La parka de Jérémy était toute tachée sur le devant, j'ai eu peur que ce soit du sang, mais c'était une bombe qui s'était vidée, sans doute sous les coups. Les parents de Jérémy sont arrivés et là, j'ai pleuré, j'ai pleuré… Je n'ai pas honte de le dire, je n'en pouvais plus. Je n'ai même pas réalisé quand ils ont emporté Jérémy. J'ai ramené son scooter dans ma cave, suivi par ses parents en voiture. Ils se sont ensuite dirigés vers l'hôpital. Voilà… ce qui s'est passé.

Il s'était mis à pleurer, sans bruit, le visage presqu'immobile, comme si les larmes étaient absolument incontrôlables. Il les laissait ruisseler sur ses joues et tomber sur ses mains jointes posées sur ses genoux. Lorsqu'il termina ses explications, sa voix était basse, mais assez claire pour être audible. Et les larmes coulaient toujours, silencieuses.

Un silence glacial s'installa quelques instants. Les

trois adultes restaient sur le coup du récit poignant de Stéphane. Phil reprit la discussion :

— Merci Stéphane et bravo. C'est très bien. Tu as été courageux. C'est normal de pleurer, même les adultes le font quand l'émotion est trop forte, ça soulage. Pourrais-tu me décrire le fourgon ?

— C'est un vieux fourgon, blanc ou beige, de couleur claire, c'est sûr.

— De quelle marque ?

— Je ne sais pas.

— As-tu pu noter le numéro d'immatriculation ?

— Non. Il était garé en travers et j'étais trop loin pour lire la plaque.

— Y avait-il une marque ou un signe particulier sur le véhicule ?

— Non. Je n'ai rien remarqué.

— Pourrais-tu reconnaître les agresseurs de Jérémy ?

— De loin, je peux dire s'ils ressemblent. Mais je n'ai jamais été assez près pour distinguer le détail de leur visage ou autre chose de particulier. Il réfléchit un peu, puis précisa : non, vraiment, je suis désolé. La nuit, dans les conditions où les choses se sont passées, pour moi c'est impossible.

— Nous comprenons. Tu as bien réagi, tu as sans doute sauvé la vie de ton copain.

— Jérémy va s'en sortir ?

— Nous ne le savons pas pour l'instant, gardons espoir ! Nous allons nous occuper du skinhead et du grand barbu. Par contre, nous te demandons de te reposer et, seul dans ta chambre, de te repasser le film de cette soirée et de noter des points qui te reviendraient et que tu n'as pas pensé nous dire. Cela se produit toujours chez des personnes qui ont été choquées. Puis tu nous rappelles à n'importe quelle heure du jour ou de la nuit. Voici nos numéros.

Après quelques recommandations, ils quittèrent les lieux. Ils appelèrent aussitôt Kevin pour lui demander de ne plus sortir de chez lui, de s'enfermer et de n'ouvrir à personne, sous aucun prétexte. La porte d'entrée de l'appartement était dotée de deux verrous intérieurs en plus de la serrure de sécurité “trois points”. Phil le rassura cependant, il s'agissait d'une mesure de précaution. S'il constatait la moindre anomalie, il devait les appeler aussitôt. Phil et François se dirigèrent ensuite vers l'hôpital Laënnec, en haut de la ville. L'accueil les dirigea vers le service concerné où ils retrouvèrent les parents de Jérémy. Leur fils était hors de danger. Très choqué, victime de plusieurs fractures des côtes et blessé au visage, il n'était pas en mesure de parler. François rendit compte des grandes lignes de l'entretien qu'ils venaient d'avoir avec Stéphane. Puis ils prirent congé.

Un réactionnaire est un somnambule
Qui marche à reculons.
F.D. Roosevelt

XI

Jeudi 13 mai, après-midi.

Comme la veille, en arrivant à la brigade de Moëlan-sur-Mer, ils garèrent leur voiture le long du mur de pierres, sous l'enseigne bleue de la gendarmerie. Le major, cette fois, était là et en mesure de les recevoir. Les présentations effectuées, le major commença :

— Le capitaine de la compagnie m'a averti de votre visite. Je suis désolé pour hier… Vous venez pour les envahisseurs ? dit-il en souriant.

— Si c'est ainsi qu'il faut les appeler ! De quoi et de qui s'agit-il exactement ?

— Nous pensons que tout a commencé avec l'installation d'un couple venu de la région parisienne, mais originaire de la région. C'est surtout l'homme qui est agressif. Il fourre son nez partout. Très procédurier, il voudrait faire de la politique. Alors, il vient aux réunions du conseil municipal de Clohars-Carnoët et pose tout le temps des questions, agace tout le monde. Il se montre provocateur… car il faut dire qu'ici il n'y a pas de problèmes particuliers, toute l'équipe du conseil est sérieuse et fait bien son travail.

— Mais, à quel titre intervient-il ?

— Comme citoyen d'abord et administré ensuite, et il le crie haut et fort. Il rappelle également qu'il est fondateur d'une association à but culturel. L'association GHDS, Gwenn ha Du Sonerezh, ce qui voudrait dire étymologiquement : Blanc et Noir Musique, en gros, disons, musique bretonne. Celle-ci organise des concerts dans un ancien bistrot de campagne, vitrine ou repère d'une musique sulfureuse dont le tenancier est un ancien d'un mouvement qui devait s'appeler “L'Unité Proradicale Bretonne”, dissous en 2002. Il est aussi fondateur du GNB, le Groupement National Breton, et revendique le droit pour les Bretons de rester travailler au pays, de valoriser “la race française” et je passe sur les propos xénophobes et autres… Tout le monde a bien compris le fondement de ses idées. Mais chez certains jeunes au chômage ou désœuvrés ça peut marcher…

— Eh bien, en voilà du beau monde !

— Tous ces renseignements, je les tiens des RG qui suivent cette affaire de près. Il semblerait que ça sente le mouvement néonazi…

— Où sont-ils installés ?

— Quand vous arrivez à Clohars-Carnoët, au stop près de l'église, vous prenez à gauche direction Quimperlé. Vous passez devant le cimetière, continuez, puis passez Keranna pour arriver à Kerabaz puis Kergroaz. Le couple habite dans une ancienne ferme entre Keranna et Kerabaz et le bistrot est installé entre les deux autres villages, adossé à la forêt domaniale. Par la forêt, ils peuvent se rendre l'un chez l'autre sans emprunter la route de Quimperlé et donc sans être vus de quiconque.

— De quel type de bistrot s'agit-il ?

— Dans les années cinquante, c'était un café-épicerie qui jouait aussi pour les coopératives le rôle de dépositaire d'engrais et de semences par exemple et aussi de plate-forme de centralisation pour le ramassage des haricots et des petits pois pour les conserveries. Chaque petite ferme et même chaque particulier exploitant un peu de terre passait par ces mandataires ou dépositaires. À l'époque, c'était un maillon incontournable à la campagne. Le dimanche, les clients venaient jouer aux boules et boire le coup. Mais les restructurations, la modernisation industrielle et les coopératives ont porté un coup fatal à ces petites affaires de campagne. Elles possédaient généralement une licence IV, aussi, bon nombre l'ont conservée pour exploiter le café jusqu'à leur retraite. C'est le cas ici.

Il reprit sa respiration et, après une courte pause, poursuivit :

— Le fils du bistrot n'est qu'un bon à rien. Il a fait trente-six métiers pour trente-six misères, comme on dit par ici. Après avoir participé à tous les mouvements babacool des années soixante-huit jusqu'aux mouvements actuels, il semblerait, aujourd'hui s'être rapproché des mouvements extrémistes et évoluer dans le milieu néonazi. Les bâtiments, au bord de la route, sont imposants et, derrière, il y a des granges qui devaient servir autrefois pour le stockage et les pesées. Il est possible de les contourner en voiture mais je n'y suis jamais allé. Je ne pourrais pas vous en parler. L'endroit est discret et dispose de beaucoup de place pour le parking comme pour l'hébergement.

— Très bien. Vous avez des supports techniques d'information sur ces gens-là ?

— Oui, bien sûr ! Je vous ai tiré sur papier les feuillets du dossier, comme cela vous aurez l'état civil des personnes. Que comptez-vous faire ?

— D'abord, nous allons nous rendre chez le couple et faire sa connaissance, puis au bistrot et nous aviserons. Vous pouvez nous accompagner ?

— Personnellement, ce ne sera pas possible, mais je vais demander au chef de vous suivre en voiture avec le stagiaire et de rester dehors vous attendre.

— D'accord. Allons-y !

Le major présenta le chef et le stagiaire qu'ils avaient déjà rencontrés la veille. Puis les deux voitures prirent la direction de Clohars-Carnoët. Le véhicule de service de François et Phil était banalisé, par contre celui des gendarmes annonçait la couleur. Dès lors, ils savaient que l'on n'empêcherait pas les gens de parler…

La voiture bleue de la gendarmerie s'engagea dans un chemin sur la droite puis tourna pour entrer dans une grande cour de ferme. Devant eux, un imposant bâtiment de caractère, plus proche d'un manoir que d'une maison bourgeoise. Avant même qu'ils ne se garent, deux puissants dobermans vinrent immédiatement à leur rencontre. Au moment où ils s'arrêtaient, un coup de sifflet rappela les molosses. Un homme apparut à la porte, les deux chiens s'assirent aussitôt à ses pieds, sans bouger, à l'écoute des ordres de leur maître. Phil et François sortirent de leur voiture et les gendarmes restèrent dans leur véhicule. Le chef téléphonait.

François s'exprima le premier :

— Monsieur Charles Le Kerbrouzic ?

— Tout à fait ! À qui ai-je l'honneur ?

— Capitaine François Le Duigou, officier de police judiciaire et le lieutenant Phil Bozzi.

— Que puis-je pour votre service, Messieurs ?

— Pouvez-vous nous recevoir ? Nous aimerions nous entretenir avec vous…

— Il eut été plus prudent, à votre place de m'appeler auparavant pour convenir d'un rendez-vous, mais soit, je suis là, entrez !

Ils pénétrèrent dans un vaste vestibule pourvu d'un escalier tournant vers la gauche. Un tapis couvrait le sol de tomettes à l'ancienne et l'on percevait distinctement le tic-tac d'une imposante horloge bretonne sur la droite. Ils s'installèrent dans une grande pièce, dans des fauteuils disposés près d'une cheminée en pierre sculptée, où les fleurs de lys côtoyaient une hermine. Un immense lustre constitué d'un nombre incalculable de pendeloques, descendait d'un plafond très haut. Quelques tableaux représentaient des scènes de chasse. Des rideaux soigneusement choisis et des stores protégeaient des regards extérieurs.

L'homme avait à peine la soixantaine, ses cheveux argentés épousaient, d'une façon impeccable, la forme de son crâne. Des rides naissantes marquaient son pâle visage.

Il portait des vêtements de style anglais avec une élégance hautaine de comédie. Un foulard vert, noué autour du cou, disparaissait dans le col ouvert de sa chemise blanche. Il paraissait d'un calme redoutable.

— Je vous écoute, dit-il, quand chacun fut installé.

— Nous voulons seulement faire votre connaissance. Nous venons de nous présenter si vous pouviez le faire à votre tour…

— Qui vous envoie ? Sont-ce ces petits notables politicards du coin ? Ou ces personnes qui craignent pour leur avenir… politique, j'entends ?

Sans donner spontanément la moindre indication, il répondit aux questions avec une lenteur délibérée qui laissait croire à un manque d'intérêt plutôt qu'à un refus de coopérer, tout en jaugeant franchement les deux officiers de police d'un regard amusé qui irrita François et Phil.

— Pas du tout ! Mais vos propos laissent à penser que certaines personnes, notamment dans le domaine politique, pourraient vouloir vous nuire, est-ce que c'est ce que nous devons comprendre ?

— Je n'aime pas notre organisation politique actuelle. Je ne me situe pas exclusivement dans le microcosme de notre région. Je n'aime pas son arrogance, son égoïsme, la curieuse sélectivité de sa compassion. Elle ne paye jamais de sa personne, même pas pour ses idéaux. Elle dénigre, elle détruit plus qu'elle ne construit…

— Quelle virulence ! lança Phil !

— Non, jeune homme ! Vous savez très bien que les hommes ne sont pas nés égaux, que le suffrage universel n'augmente pas nécessairement le bonheur du peuple, que les tyrannies de la gauche ne sont pas plus supportables que celles de la droite, que l'assassinat des noirs par les noirs que ce soit au Rwanda, au Burundi ou ailleurs, ne représente pas un progrès par rapport à l'assassinat des noirs par les blancs… du moins, du point de vue des victimes, rajouta-t-il avec une esquisse de sourire sardonique. Que le capitalisme n'est peut-être pas responsable de tous les maux dont a hérité l'humanité – je pense à la drogue, la corruption et à toutes sortes de comportements dévoyés…

— Voilà un curieux descriptif de notre société actuelle ! répondit François pour l'amener à poursuivre car il voulait le conduire à se découvrir davantage.

— Je ne peux m'empêcher de penser que la société, dans son ensemble, va voir son niveau de valeurs continuer à baisser dans ce pays, comme en Europe toute entière ! poursuivit-il. Écoutez, nous ne manquons pas de pauvres et de respectables familles françaises dans la misère pour lesquelles il est fait bien moins que pour certaines populations avec ou sans papiers qui nous envahissent progressivement. Sans parler de toute cette colonisation islamique qui en arrive à vouloir nous dicter nos lois à partir de pays situés à des milliers de kilomètres de chez nous et qui exige des droits… sans contrepartie, n'hésitant pas à prendre des otages pour arriver à ses fins !

Phil et François supportaient difficilement ces sarcasmes et cette arrogance déversée avec nonchalance. Ils échangèrent de nouveaux regards comme pour décider lequel d'entre eux prendrait la parole. L'embarras était presque palpable. François attaqua.

— Et c'est pour toutes ces raisons que vous vous êtes octroyé les services d'un groupe de bons amis, non loin de chez vous ?

Il savait qu'il devait nuancer ses propos. Il était ici pour obtenir des informations, pas pour en donner. Il voulait paraître efficace, mais pas trop à la fois. Cette fois, il devait quitter les grandes généralités pour revenir à son interlocuteur et à son action et bien lui faire sentir que nul n'ignorait ses agissements.

Charles Le Kerbrouzic marqua son premier mouvement d'impatience. Mais son visage ne laissa passer ni émotion ni agacement. Néanmoins, son calme parut ébranlé.

L'irritation, plus que la peur, rendit son ton plus coupant.

— Je vous demande des éclaircissements sur les propos que vous venez de tenir et auxquels je ne comprends rien !

François poursuivit, sans se laisser troubler par cette ironie feutrée, mais pas fâché de savoir que son interlocuteur pouvait parfois perdre son sang-froid :

— D'aucuns, sur la place, considèrent que vous êtes… comment vous dire… le cerveau ou le chef de file ou l'organisateur des activités du groupuscule installé dans un café situé non loin de chez vous. Il semblerait même que vous passeriez par la forêt domaniale pour vous y rendre plus discrètement. Voyez-vous de quoi nous voulons parler ?

Il fit un effort cette fois pour dissimuler son embarras et prêter à la question l'attention qu'elle méritait.

— Il m'arrive de faire du cheval en forêt et, sans doute, m'est-il arrivé de m'arrêter à cet estaminet pour me rafraîchir et faire boire mon cheval. Une grande auge avec une pompe à main, comme cela existait autrefois, s'y trouve à l'arrière des bâtiments.

— Seulement ?

— Seulement quoi ? Je vous ai répondu que je sache ! Et à quel titre venez-vous me harceler avec vos questions, chez moi ?

— Vous auriez préféré être convoqué à nos bureaux pour être entendu ? riposta aussitôt Phil.

— À quel titre ? reprit-il cette fois avec rage.

— À aucun… pour l'instant, Monsieur, répondit François.

— Dans ce cas, nous n'avons plus rien à nous dire, j'ai à faire, Messieurs ! dit-il en se levant pour bien marquer que l'entretien était terminé.

Phil et François se levèrent à leur tour et le suivirent vers la sortie. François voulut avoir le dernier mot.

— Nous nous reverrons, Monsieur, à très bientôt.

Les deux voitures quittèrent les lieux. Charles Le Kerbrouzic s'était retourné aussitôt et avait fermé la porte derrière lui… sans doute pour se précipiter téléphoner à ses amis et les informer de la visite qu'il venait de recevoir… François et Phil l'auraient parié.

— Drôle de bonhomme ! se contenta de dire François.

— Oui. Mais, je pense, redoutable et déterminé. Ce genre de type est dangereux ! .

Ils se turent. Chacun réfléchissait à cet entretien et se demandait ce qui les attendait. Les véhicules revinrent sur la route qui relie Clohars-Carnoët à Quimperlé et tournèrent vers la gauche pour revenir en arrière et encore à gauche pour se rendre à leur destination.

La voiture de la gendarmerie se gara devant un grand café à l'ancienne. Des traces de peinture blanche du dernier ravalement, remontant sans doute à quelques décennies, recouvraient la façade. Un grand panneau, de conception très artisanale, annonçait « *Taverne Sainte Hermine* ». Au-dessus de la porte du café, une plaque affichait la licence IV, comme cela se faisait avant. Tout semblait s'être figé depuis plusieurs dizaines d'années. Un bâtiment attenant, sans doute vide aujourd'hui, devait servir pour le stockage. Un quai d'embarquement ressortait sur le côté. Quelques vieilles plaques publicitaires émaillées, datant de l'époque où on parlait de réclame, vantaient le bouillon cube pour l'un, la potasse d'Alsace pour l'autre et enfin le visage d'un noir louait les mérites d'une certaine poudre de cacao. Ceci fit sourire Phil qui se dit que, dans une brocante, ces objets trouveraient rapidement preneur. Il remarqua alors que la tête, figurant sur la plaque vantant le chocolat, était criblée d'impacts de balles. « Triste amusement ! » pensa-t-il. Sans doute à l'image des personnages qu'ils allaient rencontrer…

François parla avec le chef de la gendarmerie qui resta dans la voiture et rendit compte rapidement à son supérieur de la visite et des lieux où ils se trouvaient. Au volant, le stagiaire semblait regretter de ne pouvoir accompagner les deux officiers de police judiciaire.

L'intérieur du bar était très différent de l'aspect

extérieur. Le décor semblait moyenâgeux. Sur les murs, des drapeaux à fleurs de lys côtoyaient des représentations de croix celtiques. Divers tableaux symboliques donnaient aux lieux, une ambiance étrange. Tout était peint en marron : les murs, le plafond et les grosses poutres qui supportaient le parquet de l'étage. De nombreux crochets ne retenaient rien, servaient-ils ponctuellement ou certains cadres venaient-ils d'être enlevés dans la précipitation avant leur arrivée ? La salle était vide. Des rumeurs de voix leur parvenaient d'une pièce voisine où de nombreuses personnes devaient discuter. François remarqua une porte. Il se dirigeait vers elle quand un homme apparut en l'ouvrant avant lui. Il la referma aussitôt derrière lui. Il se concentra et tenta de feindre une allure décontractée de barman. Il s'installa derrière son comptoir en les saluant et leur proposa :

— Messieurs, que puis-je vous servir ? demanda-t-il en lançant un torchon sur son épaule.

François et Phil montrèrent leur carte et se présentèrent. Il semblait visiblement informé de cette visite car il ne parut pas surpris.

— Voulez-vous vous asseoir ? proposa-t-il, en contournant son comptoir et en se dirigeant vers une table située près d'une fenêtre. Il en profita pour regarder à l'extérieur, sans doute pour s'assurer que la voiture des gendarmes se trouvait également devant son établissement, conformément aux informations de Charles Le Kerbrouzic.

D'un mètre quatre-vingts environ, l'homme portait des cheveux longs, gras et raides. Le teint de son visage émacié virait au gris, des cernes profonds entouraient ses yeux. Il paraissait fatigué. Ses yeux humides aux cils touffus exprimaient l'inquiétude. Il tenta de cacher le léger tremblement de ses mains en se croisant les bras et en s'accoudant sur la table.

Puis, il sortit de la poche de sa chemise à carreaux, un paquet de cigarettes.

Après s'être servi, il poussa le paquet sur la table, en direction des OPJ.

— Vous fumez ?

— Non.

— Moi, si, dit-il, allumant aussitôt sa cigarette.

Ils n'entendaient plus la rumeur des voix venant de l'autre pièce. Les personnes étaient-elles parties ou avaient-elles décidé de s'exprimer plus silencieusement tant que les visiteurs seraient dans les lieux ?

Phil prit la parole :

— Vous disposez d'une autre salle pour recevoir vos clients ?

— Oui, de plusieurs. Pourquoi, cela est-il interdit ? Je vous signale que je suis commerçant et que je paye mes impôts, rajouta-t-il avec une trace de violence dans la voix.

— Nous ne vous reprochons rien. Nous n'avons pas remarqué de voitures devant votre café et comme nous entendions des voix en provenance d'une autre salle, nous n…

— Les habitués savent qu'ils peuvent se garer derrière également, coupa-t-il tout net.

— Monsieur Charles Le Kerbrouzic se gare-t-il devant ou derrière lorsqu'il vous rend visite ? demanda Phil.

— C'est son problème, je me contente de servir les clients quand ils sont entrés.

— Et quand il vient à cheval, car il nous a bien dit que cela lui arrivait…

— Quel est le problème ? ironisa-t-il.

— Comme il se rend de plus en plus souvent chez vous, j'imagine que vous ne devez pas noter à chaque fois comment il est venu. Que vient-il faire aussi souvent chez vous ?

— Consommer, comme tous mes clients, pourquoi ?

— Vous n'ignorez pas que votre activité n'est pas sans faire jaser dans la région, du fait de votre clientèle particulière notamment…

— Qu'entendez-vous par clientèle particulière ?

Le rustre se défendait et visiblement n'entendait pas se découvrir. Phil déplorait la faible loquacité de l'individu, toujours sur ses gardes.

— Il nous a été signalé des va-et-vient de chevelus et de skinheads et j'en passe… D'un fourgon blanc aussi, pour être plus précis.

Cette fois l'homme marqua le coup. Sans doute quand il aurait parlé avec Charles Le Kerbrouzic, il saurait ce qu'il fallait répondre. Mais, pour le moment, il restait sur ses gardes. Il avait le regard d'un animal pris au piège. Ses petits yeux noirs fuyaient sans cesse.

— J'organise des concerts et je ne me soucie guère de la présentation des clients qui y participent...

Il parut réfléchir et après un véritable effort de concentration, il rajouta :

— Je n'ai jamais eu à déplorer de troubles de l'ordre public associés à l'activité de cet établissement, que je sache !

Cette dernière phrase venait de sonner à l'oreille de François et de Phil, comme dictée quelques minutes plus tôt par Charles Le Kerbrouzic. Ils savaient dès lors qu'ils ne pourraient rien en tirer.

— Un témoin aurait vu certains de vos clients se livrer à des tags voire à des virées nocturnes quimpéroises...

— Il vous appartient de convoquer ces clients et de voir avec vos témoins présumés...

Phil avait voulu frapper fort, juste pour déstabiliser le tenancier, mais chacun percevait bien la parole et le blocage de la situation selon des directives, sans doute données par Charles Le Kerbrouzic. Les quelques échanges qui suivirent n'apportèrent rien de plus.

Phil et François sortirent de l'établissement. Avant de rejoindre leur voiture, ils décidèrent de faire le tour des installations puisque les clients pouvaient, semblait-il, stationner derrière.

Plusieurs voitures étaient garées devant une grange, notamment une traction avant Citroën noire, à la peinture rutilante, voiture de collection en parfait état, un Combi Volkswagen des années soixante, repeint sans goût, et quelques véhicules plus récents mais dans un état médiocre. Dans le hangar, un fourgon attira leur attention, mais il était de couleur noire ou bleu marine, tout au moins pour ce qui concernait la cabine avant qu'ils pouvaient apercevoir, vraisemblablement un J5 Peugeot… Une auge et une pompe à eau à actionner à la main se trouvaient bien près de la grange…

— Vous cherchez quelque chose ? entendirent-ils dans leur dos. Le tenancier avait traversé son local pour se présenter à la porte de derrière.

— Non, rien, répondit ironiquement Phil. Nous regardions seulement où nous pourrions nous garer, la prochaine fois que nous viendrons consommer dans votre taverne !

François avait noté le numéro d'immatriculation des véhicules présents, puis ils rejoignirent leur voiture pour se rendre à la brigade de Moëlan-sur-Mer.

François parla le premier au major :

— Comme disent les jeunes d'aujourd'hui, ces types-là sont graves, à mon avis ! Et le cafetier, quand nous avons commencé à le bousculer, s'est mis à “bégayer” des mains comme dirait mon beau-frère ! Nul doute qu'après notre passage, il a dû siffler plusieurs verres, cul sec, pour stopper les tremblements !

— Oui. Je vois très bien, dit-il en souriant à l'expression amusante de François. Le problème c'est que nous n'avons rien contre eux !

— Je m'en doute et le fameux Charles Le Kerbrouzic doit connaître les lois et comme c'est un procédurier fini, il doit border en permanence, rajouta Phil résigné.

— Que proposez-vous ?

— Nous allons appeler notre patron, le commissaire Yann Le Godarec, pour voir comment ne plus lâcher d'une semelle tous ces loulous. Je pense qu'il va se mettre en rapport avec le capitaine de la compagnie de Quimperlé ainsi qu'avec le lieutenant-colonel commandant le groupement.

— Oui, d'autant que toute cette affaire tourne autour du jeune disparu…

Chacun devinait qu'il allait se passer quelque chose d'important, sans savoir de quelle manière cela allait évoluer.

Phil et François reprirent la route de Quimper. Phil conduisait à nouveau.

François transmettait le compte rendu des deux visites au patron et communiqua les numéros d'immatriculation des voitures stationnées derrière la Taverne Sainte Hermine.

Au bureau, ils rédigèrent leur rapport, il était tard et le patron était parti.

Ils s'apprêtaient à rejoindre leur domicile, quand le portable de François sonna.

— Jean-Charles de Kermelen à l'appareil, je voudrais parler au capitaine Le Duigou ou au lieutenant Bozzi…

— Je suis le capitaine et le lieutenant se tient à mes côtés, bonsoir monsieur de Kermelen.

— Bonsoir… je voulais vous informer de quelque chose de grave.

— Parlez, monsieur de Kermelen, nous vous écoutons.

— Depuis que nous nous sommes vus, l'autre soir chez la maman du jeune disparu, je n'ai pas cessé de travailler avec mon pendule sur cette affaire. On y croit ou on n'y croit pas, toujours est-il que j'ai réussi à cerner où se trouve le jeune homme…

Phil fit un bond pour rejoindre François qui avait mis le haut-parleur afin de lui faire entendre la conversation. Il brancha aussitôt le magnétophone pour enregistrer ce qui allait être dit.

L'imperceptible hésitation de Jean-Charles de Kermelen ne leur échappa pas.

— Voilà. L'autre soir, je vous ai dit que le jeune Erwan était séquestré. Depuis, j'ai continué à approfondir mes recherches et, pour tout vous dire, je pensais l'avoir localisé entre Quimperlé et la côte…

— C'est bien, continuez.

— Le problème, c'est que, hier soir, mon pendule me laissait penser que le jeune homme est mort, et sans doute depuis l'autre soir déjà, mais je n'en étais pas sûr, je voulais vérifier…

— Comment ça ?

— Non seulement il serait mort, mais je pense qu'il doit se trouver sous l'eau, au large de la côte. J'ai tellement refait le travail et aiguisé ma concentration jusqu'à l'épuisement que j'en suis à peu près certain. Je peux me tromper, mais je voulais vous le dire et vous expliquer pourquoi je ne reprendrai pas contact avec les parents du jeune Erwan. Je ne pourrai pas soutenir leurs regards et surtout je ne pourrai pas mentir sur mes conclusions. Et, si je me trompais, ce serait tellement cruel que je ne voudrais pas les blesser, vous comprenez ?

— Oui. Je comprends bien, répondit François d'une voix grave mais calme. Sachez que nous pensons effectivement que le jeune Erwan doit se trouver ou s'est trouvé dans ce secteur géographique. Nos recherches vont s'approfondir de ce côté dans les heures qui viennent.

— Je ne suis pas surpris et je vous remercie de votre information. Jusque-là, je ne me suis encore jamais trompé.

— Pouvons-nous vous demander une dernière chose, monsieur de Kermelen ? demanda François.

— Oui. Je vous en prie.

— Pouvez-vous, selon votre logique, poursuivre la recherche de localisation d'Erwan, même mort ?

— Je veux bien essayer. Mais sous l'eau, j'ai peur que cela soit impossible, mais je vais tout de même tenter et je vous tiendrai informés…

— Merci, monsieur de Kermelen. Vous pouvez nous appeler à n'importe quel moment.

La communication terminée, les deux visages marquèrent l'émotion et la stupéfaction. Ils firent un effort pour dissimuler combien ils étaient troublés par cette révélation. Phil tremblait de rage et d'inquiétude. Cette mort annoncée sonnait comme un affront personnel pour eux.

Ils se séparèrent, submergés de tristesse et de colère mêlées, pour rentrer à leur domicile. Comment vivre en paix avec leur conscience en pensant à Erwan… à sa mère, à ses proches, à Kevin ?

XII

Vendredi 14 mai, matin.

Phil était terrorisé à l'idée que Jean-Charles de Kermelen avait peut-être raison. Il fut heureux de retrouver le visage rayonnant de son épouse et le bonheur tranquille de son foyer douillet. Les enfants étaient couchés, il se rendit dans leur chambre pour les embrasser.

Une fois couché, il resta allongé un long moment à écouter le tic-tac du réveil, l'esprit traversé par les pires scénarii. Puis l'épuisement eut raison de lui et l'emporta dans les profondeurs sombres du sommeil.

Au petit matin, il se réveilla instantanément. Les yeux grands ouverts dans la pénombre, le temps lui semblait suspendu, l'air immobile, dans l'expectative, comme si le jour s'était fait surprendre. Il resta couché et écouta la nuit dans l'attente de la sonnerie du réveil. Il vivait si rarement ces heures silencieuses qu'il les aborda avec hésitation et maladresse, comme un enfant. Il réfléchissait à cette enquête, à l'appel de Jean-Charles de Kermelen, tentant d'organiser sa réflexion. Dans une paix totale, il ressentit une vive lassitude, il savait ce qui l'avait réveillé : cette révélation de la veille…

Quelque chose de plus profond que le manque de sommeil le tourmentait. Le mal existait. Le mal. Il ne doutait plus une seconde qu'Erwan avait été assassiné. Mais pour quelles raisons diaboliques le crime avait-il été commis ?

Il se força à réfléchir aux activités de la journée. Difficile d'élaborer des théories, d'effectuer des analyses d'une manière rationnelle.

Tandis qu'il était assoupi dans une semi-inconscience, Kevin ou Erwan était là. Mais pourquoi ne le regardaient-ils pas ? Pourquoi lui tournaient-ils le dos ? La silhouette pivota lentement et lui sourit. Mais ce n'était ni Kevin ni Erwan, mais un skinhead. Sa maigre et pâle figure affichait une expression sardonique…

La sonnerie de la pendulette le réveilla brutalement…

Il garda pour lui cette vision funeste et, après un bon petit-déjeuner, il prit sa voiture pour se rendre au bureau.

Il retrouva François, aussi perturbé que lui. Ils se dirigèrent vers le bureau du patron qui leur confirma que, du commandement du groupement jusqu'à la brigade locale, tous les gendarmes étaient mis en alerte et en priorité sur cette affaire, afin de veiller et de maîtriser tous les mouvements des personnes repérées dans celle-ci sur le secteur de Clohars-Carnoët.

François ne put s'empêcher de faire part de l'entretien téléphonique de la veille avec Jean-Charles de Kermelen.

Chacun accepta l'information comme une probabilité mais il n'était pas question d'en référer aux différentes instances, pour l'instant. Il fut décidé que Phil et François se rendraient à Clohars-Carnoët, discrètement, juste question d'entendre ce qui se disait. En civil, ils se fondraient plus facilement dans la population locale…

De retour à leur poste de travail, Phil téléphona à Kevin pour prendre de ses nouvelles. Aucune visite intempestive n'était venue le perturber.

Il ne quitterait pas son appartement car il avait un important travail à terminer. Un ami viendrait lui apporter quelques courses et se ferait reconnaître selon un signal convenu.

François, quant à lui, appela les parents de Jérémy. Leur fils était toujours en soins intensifs mais son corps réagissait bien. Puis il appela Stéphane. Il avait décidé de rester encore chez lui pour la journée. Il avait beau repenser à cette tragique soirée, rien de plus ne lui était revenu. Ils parcoururent le rapport de la "cellule spéciale 29", les recherches ne donnaient rien…

L'âme en peine, ils prirent leur voiture de service pour se diriger vers Clohars-Carnoët.

En arrivant au centre-ville, Phil demanda à François :

— Par où commençons-nous ?

— Il n'y a que trois ou quatre endroits incontournables dans une petite ville, le bistrot principal, la boulangerie et la maison de la presse…

— Commençons par le bistrot, je t'offre un café…

Une certaine animation régnait au bar.

Ils commandèrent leur café en restant debout au comptoir pour mieux se mêler aux conversations. La discussion était particulièrement vive, à tel point que François et Phil crurent que les consommateurs parlaient du groupuscule de la Taverne Sainte Hermine.

Ils se regardèrent et François engagea la conversation :

— Vous parlez des skinheads, demanda François ?

— Non ! Vous n'êtes pas au courant ?

— Au courant de quoi ?

— Vous n'êtes pas de la région alors !

— Non. Nous sommes venus en famille passer quelques jours au Pouldu avec mon neveu, confirma-t-il en présentant Phil de la main. Que se passe-t-il ?

— Ce sont les romanos qui sont encore venus nous faire c… Tout le monde est remonté. Ils sont venus sensément pour un rassemblement évangélique. Ils devraient donc être respectueux des lieux et de leur prochain puisque ce rassemblement a lieu sous le signe de l'Église.

— Bien sûr ! Et alors que s'est-il passé ?

— Eh bien ! Ils ont laissé leur m… après eux et pire, ils ont cassé les installations du stade, sans doute avec des boules de pétanque, faut pas déconner, non plus ! Et qui c'est qui va encore payer ? Hein ? Qui ? Nous ! Une fois de plus, les contribuables… les cons oui ! rugit l'homme, visiblement très en colère.

— Nous n'étions pas au courant.

— Je vous le dis, moi, ici, tout le monde est fou de voir ce qui s'est passé. Nous n'arrivons pas à comprendre comment, sans travailler, ils roulent carrosse avec de grosses voitures récentes, alors que nous, même en travaillant dur, tous les jours, nous ne pourrons jamais réussir à nous en payer ! Sans compter les caravanes neuves, longues comme des semi-remorques ! L'état ne dit rien, le fisc non plus ! Nous, si nous oublions de déclarer trois francs six sous, c'est tout de suite la mise en demeure ! Faut pas déconner ! Vous êtes au café ? Vous voulez en reprendre un autre ? Tiens, remets-nous ça ! lança l'homme au serveur, sans attendre la réponse de François.

— Effectivement, c'est incroyable, répondit François ! Hier soir, dans un bar du Pouldu, on nous a parlé de tout un groupe, de skinheads et autres qui s'activent dans un café à la campagne sur la route de Quimperlé, vous les connaissez ?

— Eux, c'est encore autre chose. Ils ne sont pas nets non plus. Personne d'ici ne va dans leur bistrot. C'est mal, pour ne pas dire bizarrement fréquenté et, si un jour, on entend parler de groupe néonazi ou de quelque chose de ce genre que ça ne nous étonnerait pas. N'est-ce pas, les gars ? lança l'homme à l'attention des autres consommateurs, pour obtenir leur soutien.

Tout le monde approuva et la discussion continua, digne des meilleures brèves de comptoir.

Après plusieurs cafés et une rafale de consommations imprévues que Phil paya, ils quittèrent le bar pour rejoindre leur voiture garée devant la mairie au ravalement flambant neuf.

— Phil, je te laisse aller à la boulangerie ; moi, il faut que je soigne ma prostate, alors je vais chercher des toilettes publiques…

— Je vois que tu fais dans l'humour ce matin, c'est sans doute suite au grand moment que nous venons de vivre ! Je trouve que tu fais assez couleur locale ; en tous les cas, tu passes bien, cinq tournées en une demi-heure, c'est pas mal, t'es adopté ! Heureusement que nous n'étions pas au p'tit blanc comme eux !

— C'est ça, rigole !

Phil se dirigea à pied vers une très belle boulangerie qui paraissait accueillante au vu de la vitrine. Une cliente partageait quelques mots avec la charmante vendeuse, elle régla son achat.

Cela fait, la vendeuse prit des nouvelles de la famille.

Phil attendit patiemment qu'elle en eût fini, ce qui ne prit que quelques secondes et elle s'adressa à lui avec un sourire résolument radieux.

Phil commanda deux pains au chocolat et, après un temps d'hésitation, deux tartes aux pommes.

— Elles ont l'air délicieuses, rajouta-t-il et il enclencha aussitôt la conversation :

— L'affaire du stade semble faire grand bruit sur la ville, on dirait…

— Ah, oui, ce matin il n'est question que de ça !

— Au café, tout à l'heure, des consommateurs parlaient aussi de skinheads et de tags, vous êtes au courant ?

— Non. Je n'en ai pas entendu parler, mais c'est sans doute la bande qui traîne parfois en ville et dans les environs et qui se retrouve dans un bistrot sur la route de Quimperlé…

— Oui, c'est exactement ça, ils parlaient de la Taverne Sainte Hermine ou d'un nom de ce genre…

— Vous voyez, c'est ce que je vous disais. J'en vois passer quelques-uns à la boutique de temps à autre, mais la population n'a pas de contact avec eux…

Derrière le comptoir, une petite voix se fit entendre :

— Dis, maman, les tags, c'est comme les dessins qu'ils ont gribouillés près de mon école ?

— Alizée, ramasse tes affaires et ne reste pas dans la boutique, s'il te plaît !

Phil remarqua alors une mignonne petite fille qui devait être assise et dessiner. Sagement, elle ramassa sa feuille et son crayon et disparut.

— Elle est charmante. Des tags ont été faits près de son école ?

— Oui, il y a quelques mois, mais de là à savoir qui les a réalisés… Phil remarqua la prudence et la discrétion dans ces propos.

La vendeuse lui remit le sachet contenant les deux pains au chocolat et une petite boîte en carton protégeant les deux tartes.

Elle en indiqua le prix. Phil paya et préféra cesser de parler car de nouvelles clientes venaient de se glisser derrière lui et attendaient leur tour. Il salua et sortit retrouver François à la voiture.

— Comme te voilà soulagé du côté de la vessie, je te propose des produits frais et de qualité pour l'estomac.

François émit d'abord un grognement qui semblait vouloir exprimer un refus, mais, au vu des mets, son opposition s'estompa. Ils mangèrent avec plaisir. François tenta bien de dire qu'un seul pain au chocolat aurait suffi, finalement, la tarte disparut comme le reste. Ils reprirent leur voiture pour emprunter la direction du Pouldu. La Maison de la Presse se trouvait à une centaine de mètres de la mairie, sur la droite, avec d'autres magasins, au fond d'un parking bien commode pour les clients. Ils garèrent leur voiture presque devant l'entrée, au moment où une place se libérait.

Un groupe de clients discutait vivement devant les deux caisses et le sympathique libraire tentait à la fois de participer aux conversations par politesse envers les clients et de servir. Phil et François entrèrent discrètement dans le magasin spacieux, agréable et bien achalandé.

Ils s'approchèrent du groupe, pour profiter de la conversation. Celui-ci s'arrêta d'un seul coup, le téléphone de François venait de sonner. Tous les regards se tournèrent vers eux dans un silence lourd de réprobation. Ils sortirent aussitôt du magasin.

François demanda quelques secondes à son interlocuteur, le temps d'aller s'installer dans la voiture. François eut juste le temps de préciser à Phil qui le suivait :

— C'est le major de la brigade de Moëlan-sur-Mer, il a du nouveau.

Bien assis, François mit le haut-parleur pour que Phil puisse entendre la conversation.

— C'est bon, vous pouvez y aller en toute discrétion…

— La gendarmerie maritime de Concarneau vient de m'appeler. Un marin pêcheur vient de relever un scooter dans ses filets. Elle m'a aussitôt appelé pour savoir si j'avais eu connaissance d'un vol de scooter. J'ai tout de suite pensé à votre affaire. Ce qui est étonnant, c'est qu'il se soit retrouvé assez au large, sur des lieux de pêche. En général, quand il y a vol et que le voleur veut s'en débarrasser, il ne se rend pas au large, c'est sûrement louche…

— En effet. Où se trouve le scooter ?

— Au port de Doëlan. Les gendarmes maritimes de Concarneau y vont. Où êtes-vous ?

— Nous sommes à Clohars-Carnoët, ça tombe bien, nous allons pouvoir y aller aussi.

— Très bien, dans ce cas, ce n'est pas la peine que je m'y rende. Pourrez-vous me tenir informé en repassant quand vous rentrerez ?

— Pas de problème, à tout à l'heure.

Ils démarrèrent sans plus attendre et prirent la direction du petit port de Doëlan.

Un attroupement s'était constitué sur le quai du port devant les toilettes publiques, là où le scooter avait été déposé. Un périmètre de sécurité avait été dressé autour de l'engin.

Un homme discutait avec deux gendarmes maritimes. C'était le patron du bateau qui venait de ramener sa pêche exceptionnelle. En s'approchant, Phil et François l'entendirent dire :

— J'ai déjà ramené toutes sortes de choses, comme des munitions de la dernière guerre ou des bouts d'épaves, mais un scooter, jamais !

Phil et François attendirent que les gendarmes eurent terminé leur entretien avec le pêcheur pour se présenter. Décidément, cette enquête allait mobiliser tout le monde. Cela avait commencé par la police nationale, la gendarmerie nationale, l'armée quand il avait fallu inspecter l'Odet et, à présent, la gendarmerie maritime ! Juste avant de discuter avec les gendarmes, Phil téléphona à Kevin pour lui demander s'il avait connaissance de la marque et de signes distinctifs concernant le scooter d'Erwan. Kevin donna quelques informations précises qui laissèrent penser qu'il n'y avait aucun doute quant à l'identité du propriétaire. Phil se contenta de lui dire simplement, alors, sans plus de détails, que le scooter était à Doëlan.

Un des gendarmes demanda à la population présente de quitter les lieux si elle n'avait rien à faire de précis sur ce quai. Rapidement, ils se retrouvèrent tous les quatre dans le véhicule de service banalisé, par souci de discrétion. Dehors, les badauds s'en allaient progressivement. Le patron pêcheur se dirigeait vers son bateau.

François expliqua l'affaire de la disparition d'Erwan, du scooter, de la piste qui semblait se diriger dans cette région. Quand toutes les informations furent fournies, Phil demanda :

— Avez-vous examiné le scooter ?

— Oui, dès notre arrivée. Il est évident qu'il a été accidenté, car ce n'est pas le contact avec la mer qui l'a endommagé ainsi, d'autant qu'il n'a pas dû y séjourner très longtemps. Vous verrez tout à l'heure, précisa un des gendarmes.

— Très bien. Nous venons de nous renseigner et, au vu des indications obtenues, nous avons tout lieu de penser qu'il s'agit bien du scooter du jeune Erwan, même si ceci reste à vérifier. Connaissez-vous le pêcheur qui l'a remonté ?

— Oui. C'est un jeune patron, très sérieux, un bosseur. Un type bien, comme tous les patrons pêcheurs de ce petit port. Ici, vous savez, avec eux, il n'y a jamais d'histoire, on ne peut pas en dire autant de certains plaisanciers, hélas…

— Savez-vous où a été localisé le deux-roues ?

— Pas précisément pour l'instant, mais nous allons le savoir tout à l'heure, quand nous rédigerons le procès-verbal. Pourquoi ?

— Parce que nous pensons qu'il sera nécessaire de devoir faire fouiller les lieux environnants par des plongeurs.

— Vous croyez que ce sera utile ?

— Nous le craignons, nous allons voir cela avec notre hiérarchie et nous en reparlerons, sans doute assez rapidement, car cela se fera avec votre aide et sous votre contrôle nécessairement.

— Pas de problème. Nous attendrons les ordres.

— Avez-vous la possibilité de recenser tous les propriétaires de bateaux immatriculés dans ce port ?

— Sans la moindre difficulté. Il nous suffit de demander à l'Inscription Maritime de Concarneau. Voulez-vous que je demande à mon collègue de s'en charger et de vous en fournir la liste ?

— Ce serait parfait !

— Je m'en occupe et je lui demande de vous télécopier la liste.

— Merci. Une dernière chose, nous souhaitons qu'aucune communication ne soit faite aux médias pour l'instant, dans l'intérêt de l'enquête. Il est exclu d'annoncer qu'on a repêché un scooter et de faire le lien avec la disparition d'Erwan.

Ils se dirigèrent ensuite vers l'engin. De toute évidence, il avait percuté un obstacle avec une certaine violence.

Est-ce qu'Erwan se trouvait dessus ? Quelqu'un l'avait-il emprunté ? Où se trouvait le propriétaire ? Bien des questions subsistaient…

C'était l'heure du déjeuner, mais la précipitation des affaires ne permettait plus d'en prendre le temps. Finalement, les pains au chocolat et les tartes avaient été une anticipation opportune.

Tandis que les gendarmes maritimes enregistraient le procès-verbal du patron pêcheur, ils quittaient le charmant petit port de Doëlan sous un ciel radieux.

« Véritable panorama de carte postale », pensa Phil.

La voiture s'éloignait de l'extrémité de l'estuaire pour se diriger vers Clohars-Carnoët puis vers la brigade de Moëlan-sur-Mer pour informer le major. François parla le premier :

— Tout à l'heure, j'ai tout de suite pensé à Jean-Charles de Kermelen.

— Moi aussi et, pour être honnête, depuis hier soir, je ne cesse d'y penser. C'est tout de même incroyable !

— L'irrationnel nous réserve encore bien des surprises.

Ils passèrent très peu de temps à la brigade car le patron voulait absolument les voir très rapidement afin de fixer la stratégie à adopter. De retour à leur bureau, ils constatèrent que la gendarmerie maritime de Concarneau avait déjà transmis la liste des propriétaires de bateaux du port de Doëlan.

Phil parcourut rapidement les noms quand son regard s'arrêta sur celui de Charles Le Kerbrouzic.

— Eh bien voilà, je l'aurais parié !

Ils déposèrent leurs affaires et se dirigèrent chez le patron afin de lui rendre compte des derniers événements.

Il se mit aussitôt en ligne avec le procureur et le lieutenant-colonel commandant le groupement de gendarmerie. Au vu des éléments, les décisions ne tardèrent pas. Ils devaient préparer minutieusement une opération d'envergure pour le lendemain matin, heure légale.

Il s'agissait de faire une perquisition chez Charles Le Kerbrouzic et simultanément sur son bateau au port de Doëlan et à la Taverne Sainte Hermine. La gendarmerie maritime, dès à présent, assurerait une surveillance discrète du bateau.

Soixante-dix fonctionnaires de police ou de gendarmerie allaient participer aux investigations. L'essentiel du groupe devant se répartir sur la propriété de Charles Le Kerbrouzic et la taverne.

La brigade de recherche missionnait également les TIC, les techniciens d'investigation Criminelle, ainsi que leur véhicule équipé, pour effectuer tous les micro-prélèvements et les mises sous scellés qu'elle jugerait utile. Tous les lieux et les déplacements des personnes concernées devaient être sous contrôle dès la fin de soirée.

Tout se mettait en place. Phil et François rédigèrent leur procès-verbal. Demain matin, ils sauraient la vérité sur la disparition d'Erwan…

XIII

Samedi 15 mai.

À l'heure dite, tous les hommes étaient en place aux abords des trois sites concernés par l'intervention. Tout était calme, le temps gris laissait craindre de la pluie dans la journée. Cette campagne, sous ce ciel bas, correspondait à l'humeur du moment. Casqués, munis de gilet pare-balles, de fusils à pompe, de pistolets mitrailleurs et de flashballs, cinquante policiers ou gendarmes attendaient pour investir les lieux.

Dans la ferme, il semblait que monsieur Charles Le Kerbrouzic se trouvât seul avec son épouse, les deux ouvriers agricoles ne venant pas travailler le samedi. Les renseignements étaient plus confus à la Taverne Sainte Hermine quant au nombre de personnes présentes.

Le bateau, correctement amarré depuis la veille, n'avait pas reçu de visiteur et personne ne se trouvait à bord.

Le commissaire Yann Le Godarec et le lieutenant-colonel commandant le groupement étaient présents pour donner le coup d'envoi, agissant sous commission rogatoire du juge d'instruction du tribunal. Phil et François s'impatientaient à leurs côtés. Ils devaient se charger, au vu de la perquisition, d'emmener Charles Le Kerbrouzic et le tenancier aux sympathies extrémistes pour les interroger dès que possible, si toutefois étaient découverts des éléments compromettants. « Comment pourrait-il en être autrement ? » pensaient-ils. Le reste de la troupe serait également pris en charge pour être interrogé.

Chacun se posait toutes les questions habituelles. Dans quelques minutes, comment allait se dérouler l'intervention ? L'effet de surprise allait-il jouer comme d'habitude ? Certains membres réagiraient-ils violemment ? Le risque d'un Fort Chabrol n'était jamais à écarter. L'inquiétude se lisait sur tous les visages. De simples opérations tournaient parfois au drame. Dans la panique, il suffisait qu'une des personnes à arrêter puisse se saisir d'un fusil de chasse et tire aveuglément. Tout était toujours possible. Qu'allaient-ils découvrir ?

Dans ce cadre verdoyant mais humide, un curieux silence s'était installé, comme si la nature se doutait qu'il allait se passer quelque chose d'inhabituel.

— Allons-y ! lança calmement le lieutenant-colonel de gendarmerie.

Le top départ venait d'être donné. Dès lors, tous les acteurs se mirent en mouvement. Phil et deux hommes prirent la direction de la ferme avec un véhicule de service ; François et deux hommes, la direction du café, avec un autre véhicule.

Dès la porte de la ferme ouverte, fut présentée au propriétaire l'autorisation de perquisition.

Extrêmement tendu, celui-ci s'efforça de se maîtriser. Il demanda à se rendre aux toilettes et n'attendit pas la réponse pour s'y enfermer. À cette occasion, les gendarmes n'eurent pas le temps de remarquer qu'il venait de se saisir du téléphone mobile posé sur un meuble bas. Quelques instants après, il reparut et sortit de sa poche le téléphone qu'il posa ostensiblement sur le meuble.

Les premières découvertes d'armes furent annoncées par des gendarmes procédant à la perquisition. Charles Le Kerbrouzic se retrouva dès lors en état d'arrestation et prié de suivre Phil. L'épouse du maître des lieux s'exclama un peu vivement, protestant contre cette action, soutenant être victime d'une conspiration… Son époux lui demanda de se calmer et d'attendre son retour car il s'agissait certainement d'un malentendu.

Il annonça magistralement à la ronde que son avocat était prévenu et que ce qui se passait ce matin à son domicile serait lourd de conséquences pour ceux qui avaient eu la légèreté de donner ces ordres. Vingt minutes après, Charles Le Kerbrouzic sortait de sa maison, menottes aux poings, le regard froid, d'un calme menaçant. Phil le dirigea vers la voiture et l'installa à l'intérieur. Dans les minutes qui suivirent, son épouse peu avenante, aux lèvres pincées, au menton fuyant, aux cheveux blondasses et décoiffés, sortait à son tour, encadrée par deux gendarmes. Phil attendit encore un instant puis démarra et prit la direction de Quimper avec le maître des lieux, tandis que son épouse prenait place dans un autre véhicule.

Les arrestations s'avérèrent plus sportives à la Taverne Sainte Hermine. François récupéra son quinquagénaire dipsomane rapidement tandis que certains occupants devaient être maîtrisés par la force. Un gendarme signalait déjà la présence d'un véritable arsenal de guerre…

Mais, ni d'un côté ni de l'autre, lors de la fouille des lieux, pas la moindre trace d'Erwan. Une vingtaine d'arrestations au total furent réalisées qui, pour la plupart, concernaient des jeunes de dix-huit à vingt-cinq ans, lycéens, étudiants, chômeurs…

Les personnes interpellées paraissaient pathétiquement démunies en regard des idées de supériorité et de l'activisme qu'elles préconisaient.

Étonnées et traumatisées, comme on l'est en général dans ce genre d'interpellation, elles commençaient à réaliser que ce n'était plus de la comédie. On ne pouvait s'y tromper. La peur se lisait sur leur visage…

Un grand skinhead maigre fut isolé du groupe ainsi qu'un grand costaud, barbu et chevelu. Ils suivraient dans deux véhicules séparés.

*
*   *

En fin de matinée, Phil se retrouvait dans son bureau, face à Charles Le Kerbrouzic. Un gardien de la paix se tenait à la porte. Un brigadier attendait pour enregistrer l'interrogatoire.

— Je crois me souvenir, monsieur Le Kerbrouzic, que nous vous avions annoncé que nous nous reverrions. Excusez-nous, nous sommes encore venus sans prendre rendez-vous !

La réponse claqua comme une porte :

— Dans quel chapitre voulez-vous jouer : l'arrogance ou le cynisme ?

— Nous verrons bien. Pour l'instant, venons-en aux formalités habituelles. Je vous demande de décliner votre identité.

Puis Phil en arriva au fait.

— Les premiers éléments d'investigation laissent penser, Monsieur, que vous seriez le leader d'un groupuscule de type néonazi armé et que ce groupuscule serait à votre solde et ceci à des fins politiques. Expliquez-nous quel est votre rôle.

— Je n'ai rien à voir avec ce que vous venez d'évoquer !

— Pourtant, selon les premiers résultats des interrogatoires, je crois savoir que toutes les personnes interpellées à la Taverne Sainte Hermine se prétendent à votre service, unies pour une même cause. Puis-je rajouter « à la vie à la mort »…

— Les êtres humains ont un besoin irrésistible de sacrifice. Ils sont prêts à mourir pour n'importe quelle raison et parfois pour aucune ou pour des abstractions dénuées de sens telles que la patrie, la justice, la paix, des idéaux ou la puissance d'autres hommes et parfois pour quelques arpents de terre, pas vous ?

— Peut-être. Mais je tiendrais à ce que cette décision fût la mienne et non celle de quelqu'un d'autre...

— Bien sûr. Cela vous procurerait la satisfaction morale nécessaire. Mais cela ne changerait rien au fait que vous mourriez ni au résultat de votre mort...

Phil ne pouvait supporter plus longtemps ce discours cynique. Il tenta de clore ce chapitre en protestant avec véhémence :

— À quoi cela sert-il de mener ce combat si les gens de votre société ne peuvent s'aimer, les uns les autres ?

— Aimer ! Le mot le plus galvaudé de notre langue ! Est-ce que vous voulez dire que les êtres humains doivent vivre ensemble en se souciant de leur bien-être naturel ou voulez-vous parler de l'amour au sens chrétien ? Vous n'ignorez pas à quelle haine et à quelle régression la religion de l'amour a conduit l'humanité. Voyez-vous, si toutefois vous deviez consacrer votre vie à quelque chose, consacrez-la à une idée plutôt qu'à l'amour en tant qu'attachement à une personne. Elle aboutit toujours à la jalousie et à l'esclavage. L'amour est plus destructeur que la haine !

— Ça suffit, vos balivernes ! cria Phil en frappant du plat de sa main sur le plateau de son bureau.

Le gardien de la paix, en faction devant la porte, sursauta. Le brigadier se demandait s'il devait écrire tout ce qui venait de se dire. Phil lui fit signe que ce n'était pas nécessaire. Après un silence de quelques secondes, Phil reprit :

— Monsieur Le Kerbrouzic, ça suffit ! Vous n'êtes pas à une tribune et je crois que vous ne mesurez pas la gravité de la situation. Vous êtes ici pour séquestration et complicité d'assassinat, autant dire que la seule chose qui puisse vous attendre, c'est la cour d'assises !

— Faudra me le prouver !

— Eh bien, c'est ce que nous allons faire ! Tout d'abord, reconnaissez-vous vos liens avec le groupuscule qui a pour siège la Taverne Sainte Hermine ?

— Non. Je n'ai aucun lien avec ces gens.

— Pourtant vous louez leurs services !

— Non. Jamais !

— Expliquez-nous ce que vous faisiez le trois avril de cette année à Moëlan-sur-Mer, sur le parking situé devant la chapelle Saint-Philibert.

Phil avait décidé de bluffer pour le déstabiliser et casser cet air suffisant qu'il conservait encore. Le faux pour le vrai marchait très souvent.

— Est-ce que je sais, moi ? Et vous, que faisiez vous le trois avril ?

— N'inversez pas les rôles car un témoin vous a vu.

— Faites venir le témoin !

— Arrêtez, monsieur Le Kerbrouzic, n'aggravez pas votre cas !

Phil fit déclencher son téléphone discrètement et mima une prise de communication, puis raccrocha. Astuce qu'il utilisait de temps en temps avec bonheur car elle permettait d'introduire une information bidon comme si elle venait de lui être communiquée à l'instant.

— Vous voyez, les choses arrivent parfois à point ! Je vais vous rafraîchir la mémoire. On vient de me signaler, à l'instant, que les deux personnes que vous accompagniez ce soir-là – vous savez : le grand et maigre skinhead et le grand barbu chevelu qui ont ensuite pris le fourgon pour conduire deux personnes, le jeune Erwan, aujourd'hui disparu, et son ami, Kevin, afin de réaliser des tags dans des endroits sélectionnés et bien ciblés par vous, pour inspirer à la population un sentiment de colère propre à la rapprocher de vos idées – bref, ces hommes sont passés aux aveux et ont signé leur procès-verbal !

— Les p'tits cons ! répondit-il, dédaigneux.

— Alors ? Qu'en dites-vous ? Je vous écoute ?

Charles Le Kerbrouzic venait de changer de couleur. Ses mains tremblaient. Sa coutumière assurance venait de disparaître. Le rictus qui anima son visage était déjà un aveu. Au fond de ses yeux naissait une folie qui répondrait de tout. Il était subitement dévoré par la haine du monde. Il ne voyait plus rien.

Phil revint à plusieurs reprises à la charge, sans réponse.

— Je veux voir mon avocat. J'attendrai son arrivée et, ensuite, je ne parlerai qu'en sa présence, dit enfin l'homme.

Puis il s'enferma dans un mutisme total, en adoptant cependant l'assurance de l'individu qui bénéficie de protections et ne risque rien.

À nouveau, Phil tenta le dialogue. Charles Le Kerbrouzic faisait mine de l'ignorer, la bouche close, les lèvres pincées, jetant parfois un regard où mépris et défi se mêlaient.

Devant cette situation, Phil se leva et demanda au gardien de la paix ainsi qu'au brigadier de rester en faction. Il vint rejoindre François, aux prises avec le tenancier.

Phil et François se retrouvèrent dans le couloir pour faire le point. François restait confiant.

— Il va finir par craquer, à force de menaces et d'informations bidon.

— Moi, je suis dans l'impasse, je vais devoir attendre l'avocat. Il faudrait pouvoir faire parler ton type, le skinhead et son copain, ça nous débloquerait la situation et Le Kerbrouzic serait pris à revers.

— Allons voir où nous en sommes…

Ils entrèrent dans le bureau. Le jeune lieutenant harcelait le tavernier. François attaqua aussitôt.

— Bon, cette fois, les choses tournent mal pour vous. Les derniers renseignements doivent vous emmener directement aux assises ! Séquestration et complicité d'assassinat, vous êtes plutôt mal !

— C'est faux, je n'ai rien fait !

— Ce n'est pas ce que disent vos… comment allons-nous les appeler… vos locataires, vos clients, vos fidèles employés ? Bref, selon eux, vous régissiez tout, alors, faut assumer à présent !

Le coup avait été fatal. Comme un boxeur touché au foie, le bistrotier n'allait pas s'en remettre. Il se replia sur lui-même. François rajouta :

— Les procès-verbaux des autres sont signés ! Vous allez en prendre plein la tête, c'est sûr !

Submergé soudain de tristesse et de colère en souvenir de sa vie ratée, il chercha au fond de lui-même un coupable… et le trouva.

— Je n'ai rien fait. Le patron ce n'est pas moi, voyez ça du côté de Charles ! Moi, je n'ai jamais quitté mon bistrot que je tiens de mes parents qui le tenaient de mes grands-parents. J'ai toujours dit à Charles que je n'étais pas d'accord avec ses conneries de tags et autres pour influencer la population et l'amener un jour à se tourner vers lui. Moi, l'histoire des profanations, des tags ou les phrases toutes faites comme « les Bretons doivent travailler au pays, dehors les étrangers et tout le tintouin », ça a ses limites, je le lui ai toujours dit ! Et puis de recruter ces petits jeunes le soir, ce n'était pas une bonne idée ! D'accord, j'hébergeais tout le monde ! D'accord, je savais qu'ils déconnaient, mais, moi, je vous le répète, je n'ai jamais participé à quoi que ce soit et ça c'est clair ! Personne ne pourra me faire dire autre chose !

Le ton avait cette fois l'apparence de la sincérité, se dit François. Voilà qu'enfin, les premiers indices prenaient place. Il fallait continuer à le faire parler afin qu'il explique dans le détail l'organisation et le fonctionnement du groupe. Phil décida alors de se rendre aux interrogatoires des deux copains, d'un côté le skinhead, de l'autre, le grand barbu.

Le skinhead était là, aux prises avec un officier de police, tandis que le brigadier prenait des notes. Il observa d'abord l'individu. Le crâne rasé et tatoué. Les yeux sombres sous des sourcils étroits et épais. Le nez pointu et fin, les lèvres minces, l'air inflexible. Le cou, long et très mince, donnait à la tête l'apparence hiératique d'un oiseau de proie. Il regardait rarement la personne qui l'interrogeait. Phil demanda à son collègue de le suivre dans le couloir pour lui expliquer la situation et la stratégie à adopter, car il devait le faire parler. Des aveux ou des informations simplifieraient l'interrogatoire de Charles Le Kerbrouzic par la suite.

Après ces échanges, face à l'interpellé, l'officier reprit l'interrogatoire devant Phil.

— Cette fois, les choses tournent très mal pour vous. Vous allez tout droit vers perpète ! Un meurtre avec préméditation, une agression sauvage, difficile de faire mieux pour prendre le maximum !

Pour la première fois, il leva les yeux vers l'officier de police, parcourut du regard les personnes et le bureau, avec une légère moue de dégoût, comme s'il déplorait ce pourquoi il était là. Il portait des vêtements un peu amples pour son corps faiblement musclé, ce qui lui donnait une fragilité dégingandée d'adolescent et une certaine vulnérabilité.

Phil prit la parole sur un ton glacial, rapportant les faits imaginés, avec une concision et une clarté sans emphase qui laissaient l'impression qu'aucun argument ne parviendrait à démonter des accusations aussi précises.

— Vous êtes coupable d'avoir battu presqu'à mort un jeune homme, l'autre soir, à Quimper, le témoin est formel. Vous savez, celui qui a appelé le SAMU et la police avant que vous ne filiez... Et votre culpabilité est bien plus lourde encore en ce qui concerne le jeune Erwan, car aggravée par la séquestration... Pour vous, c'est "plié" pour le restant de vos jours !

Il avait cette fois le regard d'un animal pris au piège et qui sait que la dernière issue est bouchée mais ne parvient pas à se retourner pour affronter l'hallali. Les officiers de police avançaient impitoyablement vers l'heure de vérité.

Ses petits yeux noirs fuyaient sans cesse à gauche, à droite. Dans son cou, sa pomme d'Adam jouait les ludions.

Le silence pesant l'oppressait.

— Non ! Je n'ai tué personne !

— Ça, il va falloir nous l'expliquer et dans le détail, depuis le début. Je veux bien vous donner votre chance, sachant que je suis venu ici pour vous mettre en examen et direction la taule !

— Non ! Attendez ! J'vais vous dire !

— Nous vous écoutons, et pas de bourre, sinon ce sera pire !

— Voilà... Avec Marco...

— Le grand costaud qui est à côté et qui vient de tout nous balancer parce qu'il voyait qu'autrement il était foutu ? C'est ça ?

Il garda le silence, puis, calmement, se lança :

— Je fais équipe avec Marco, nous sommes employés officiellement par l'association de monsieur Le Kerbrouzic et, en plus, il nous remet des chèques emploi service, chaque mois, comme si nous travaillions pour son compte chez lui... question de fiscalité, il nous a dit... Nous sommes hébergés à la Taverne Sainte Hermine.

— Comment vous êtes-vous retrouvé dans cette organisation ?

— Par un chemin compliqué. Je suivais des études de sociologie et je voulais devenir psychologue en entreprise. J'étais en troisième année, mon père s'est retrouvé brutalement au chômage, sa boîte avait fondu les plombs. Il s'est mis à boire et puis a fait une tentative de suicide... Ma mère, n'ayant jamais travaillé s'est barrée avec un autre type, bref, la cata... Comme on ne payait plus le loyer de l'appartement, on nous a virés. J'allais de temps en temps dans une boîte où j'ai connu Marco. Il était videur et s'occupait du service d'ordre. Il venait aussi de perdre son boulot et c'est tout ce qui lui restait pour vivre dans son mini-studio. Puis la boîte a aussi été fermée... Une histoire de drogue. Nous étions tous les deux dans la merde. Il possédait un vieux fourgon, nous sommes partis un matin à l'aventure. Moi, les études, c'était fichu. Je me suis inscrit au RMI comme lui. À un concert un peu spécial, style néonazi, nous avons rencontré Charles Le Kerbrouzic. Il parlait bien, il voulait apporter des solutions à tous ceux qui avaient été victimes de la société capitaliste comme nous. Alors nous y avons cru et nous l'avons suivi...

Phil pensait, en l'écoutant, que, dans notre société, l'esprit de supermarché avait remplacé l'esprit de clocher et que, de plus en plus, des jeunes déboussolés avaient tendance à confier leurs états d'âme à des bricoleurs sans scrupules. Dès lors, ils étaient à leur merci.

Parce qu'ils ne savaient plus très bien qui ils étaient, ils devenaient la proie des extrémismes ou des sectes...

— Vous avez parlé de fourgon, c'est celui que vous aviez à Quimper pour prendre en charge Erwan et pour tabasser son petit copain, c'est bien ça ?

— Oui, c'est le seul fourgon du groupe, il est à la Taverne.

— Un fourgon blanc ?

— Oui. Enfin non ! Après l'autre soir, on a eu la trouille, on l'a repeint en bleu marine dans la grange.

— Effectivement, on l'a vu ! Quel était le but de votre groupe ?

— Selon monsieur Le Kerbrouzic, il lui fallait une organisation de combat et nous devions agir dans une optique de guerre culturelle car il disait que les jeunes lycéens, les étudiants ou les chômeurs seraient plus intéressés par une cassette de rock identitaire que par un tract politique. Les sonorités sont sulfureuses et la musique peut devenir une arme au service du combat identitaire contre la dictature capitaliste internationale.

— Pouvez-vous nous citer un exemple ?

— Oui…

Il réfléchit quelques secondes avant de reprendre :

— Le refrain Gud, Gud, Gud, par exemple. Il fait référence au Groupe Union Défense, un groupuscule d'extrême droite connu pour faire le coup de poing avec sa propagande dans les universités… Vous voyez…

— C'est une incitation à la haine. Vous allez avoir, en plus, la ligue des Droits de l'homme en partie civile, à tous les coups… Mais ceci n'est pas le propos du moment. Parlez-nous d'Erwan et de la sortie punitive contre son copain. Erwan, d'abord…

— En traînant dans les lieux de tags ou à la sortie des lycées ou des IUT, nous établissions quelques contacts. Nous passions quelques soirs par semaine sur Lorient et les autres sur Quimper. Le fait d'être à Clohars était central, discret et facile d'accès par la voie express.

— Depuis combien de temps ?

— De façon active, disons, six mois. Un soir, nous avons rencontré le petit Jérémy. Mais nous ne le sentions pas, trop jeune, immature. Par contre, il nous a donné le nom d'Erwan. Celui-ci nous plaisait mieux. Pas idiot. Il avait perdu son père, il avait un côté un peu fragile. Nous l'avons appâté en le payant pour réaliser des tags sans intérêt, juste pour voir ce qu'il avait dans le ventre. Je le sentais bien comme recrue, mais, un soir, il a voulu faire venir son copain aussi. Ce qui nous paraissait plutôt bien dans un premier temps, s'est montré rapidement défavorable.

— Pourquoi ?

— Nous nous sommes rendu compte aussitôt que ce n'était pas bien de les garder tous les deux. Nous avons repris Erwan après, seul, simplement pour voir s'il était récupérable pour nous. Et j'ai eu l'idée de le mettre en duo avec un jeune lycéen comme lui, de Lorient, que nous avions bien en main. Juste pour faire parler Erwan et en savoir un peu plus sur lui. Comme on s'en doutait, il s'est confié sans problème au jeune, nous apprenant son homosexualité et surtout qu'il allait nous faire chanter pour nous retirer du pognon. J'en ai référé à monsieur Le Kerbrouzic qui nous a dit que nous devions nous séparer de ce jeune et ne plus aller à Quimper pendant quelque temps.

— Qu'entendez-vous par vous séparer ?

— Le ramener en lui faisant comprendre que, s'il "mouftait", son scooter un jour disparaîtrait et qu'on lui casserait la gueule à la sortie du lycée, juste de l'intimidation pour lui enlever ses mauvaises idées.

— Et alors ?

— C'était le vendredi soir, avant le Premier mai, le soir où nous avions prévu de mettre un terme à notre relation avec lui. Il avait préparé son coup. En douce, pendant que Marco était parti pisser, il nous a piqué les papiers du fourgon et toutes sortes de documents que nous avions dans la cabine. Il a sauté sur son scooter et il s'est barré dans la nuit. Nous étions à Doëlan. Nous sommes partis dans une course-poursuite. Nous avons réussi à le serrer près de l'atelier de réparation navale. Ce petit con a fait demi-tour sur la route et est reparti dans l'autre sens. Nous l'avons suivi de loin. Nous avons vu qu'il s'était dirigé vers l'usine désaffectée sur la rive gauche à la pointe vers la maison rose. Marco est resté avec le fourgon en embuscade à la sortie de Doëlan. Je suis allé à pied, avec le jeune de Lorient, le chercher à la pointe. Pas de trace. Nous nous sommes glissés dans l'usine, rien… En revenant sur la route et en remontant pour inspecter le haut de la côte, d'un seul coup, nous l'avons vu partir du haut de la rue, près de la maison rose et foncer à toute allure sur la route. Ce soir-là, il faisait un temps de chien, il pleuvait. Nous nous sommes mis sur la route pour l'arrêter, il nous a foncé dessus, il savait bien qu'on se serait écarté au dernier moment. Nous n'avons rien pu faire. Il est passé... Marco l'a repéré de loin, il a commencé à avancer le fourgon sur la route pour barrer le passage, puis il a bloqué toute la chaussée. Le jeune Erwan a cru sans doute qu'au dernier moment, le fourgon allait reculer, Erwan a freiné à mort... trop tard... Il n'avait pas de casque, sa tête est venue heurter le fourgon, il est mort sur le coup...

L'horreur et l'indignation envahirent le moment de silence qui suivit cette révélation. Phil avait observé l'homme pendant qu'il parlait, notant ses faiblesses, mesurant sa vulnérabilité. Il releva la tête en direction de Phil, il le regardait à présent avec l'anxiété d'un enfant coupable qui savait qu'il avait déçu les grandes personnes.

— Et après, qu'avez-vous fait ?

— Nous sommes arrivés en courant au véhicule, complètement trempés et épuisés. Marco avait reculé et déjà mis le scooter à l'arrière et allongé le gamin à côté. Nous étions dans la merde. J'ai appelé monsieur Le Kerbrouzic qui est venu apporter les clefs de son bateau. Nous avons tout chargé sur le bateau. Par un temps aussi pourri, il n'y avait personne dehors pour nous surprendre. Tout a été caché sous une bâche cirée, scooter et gamin. Puis nous sommes rentrés. Avec monsieur Le Kerbrouzic, nous avons réfléchi quelques jours avant de prendre une décision. Le temps de voir ce que disaient les journaux sur la disparition. Nous avons été surpris que rien ne se soit paru avant le mardi dans les médias. Là, nous avons constaté qu'il n'était question d'aucun lien quelconque avec nous, alors nous avons décidé de nous séparer du scooter et du gamin. L'un d'entre nous a son permis bateau. Monsieur Le Kerbrouzic lui a demandé d'aller au large et de tout balancer. C'est ce qu'il a fait. J'vous jure que tout ce que je viens de dire est vrai. Vous voyez, je n'y suis pour rien, je n'ai tué personne.

— La confrontation des procès-verbaux et plus tard celle des personnes nous dira si ce que vous venez de dire est exact. Parlez-nous du tabassage de Jérémy…

— Monsieur Le Kerbrouzic n'était inquiet que pour une chose : le risque que représentait le copain d'Erwan. Il fallait le retrouver et le réduire au silence par la menace.

— Vous vouliez le supprimer ?

— Non. Seulement lui faire peur pour qu'il ne parle pas. Nous pensions que l'intimidation pouvait suffire. Nous n'avions aucune information sur son identité ni sur son adresse… La seule solution consistait à tourner sur Quimper pour retrouver Jérémy ou quelqu'un qui pourrait nous renseigner. Aucun des jeunes que nous avons rencontrés ne le connaissait. Jusqu'à l'autre soir. Enfin, nous avons retrouvé le petit Jérémy. Je ne pensais pas que ça aurait si mal tourné… Et puis l'histoire du copain qui avait filé, j'ai tout de suite pensé qu'on allait avoir des emmerdes.

— Vous l'avez tabassé tout de même. Et après…

Phil tenta le faux pour vérifier :

— Vous auriez dit qu'il fallait ligoter le gamin et le jeter à la baille…

— Non ! C'est faux ! Je sentais mal le coup. Je voulais filer, c'est…

— Dites le, c'est Marco qui voulait le ficeler et le jeter à la baille, c'est ça ?

Il ne répondit pas, se contentant d'approuver de la tête. L'interrogatoire dura encore un peu et il accepta de signer la déposition. Phil se rendit dans le bureau où se trouvait le fameux Marco. L'officier de police avait bien avancé. Les renseignements recueillis corroboraient tout à fait ceux de son copain.

Fort de ces deux dépositions, François fit valider tous les points par le tenancier de la Taverne Sainte Hermine. Question de l'aider dans sa déposition. Toute l'organisation apparaissait clairement : Charles Le Kerbrouzic était le seul chef désigné, tout le reste de la bande suivait. Sur la vingtaine d'arrestations, en dehors des trois personnes et de Charles Le Kerbrouzic, une quinzaine de jeunes ne présentaient pas d'intérêt particulier, si ce n'est qu'ils avaient clairement témoigné au sujet des principaux interpellés… Restait à faire parler Charles Le Kerbrouzic, le cerveau de toute l'organisation.

Le patron appela Phil et François de l'une des

salles d'audience du tribunal de Quimper où tout le butin venait d'être répertorié. Le commissaire Le Godarec annonça la couleur :

— C'est un véritable arsenal de guerre qui a été saisi. Je vous en énumère une partie : fusils de chasse, armes de guerre, armes de poing, obus de mortier, lance-roquettes antichar, en provenance de l'Afghanistan semble-t-il, roquettes antipersonnel, masques à gaz, pistolets mitrailleurs, postes émetteurs, toutes sortes de détonateurs, casques allemands de la seconde Guerre Mondiale. Tout est en parfait état de marche, même si certaines pièces sont de collection. Le tout est accompagné d'une abondante littérature révisionniste telle que *Le mensonge d'Auschwitz par l'illustration* ou encore *Oradour-sur-Glane, cinquante ans de mise en scène*... pour n'en citer que deux. Bref, c'est répugnant au possible, nous sommes bien dans l'émergence d'un groupuscule néonazi fomenté par Charles Le Kerbrouzic... Pour l'instant la TIC de la gendarmerie ne nous a encore rien remonté, mais nul doute que, lorsqu'ils auront fait parler les ordinateurs, les portables et les cartes bancaires, ça va dégommer sec, derrière... Que donnent les interrogatoires ?

— Blocage du côté de Charles Le Kerbrouzic. Nous attendons son avocat. Mais les autres ont parlé. Nous cernons pratiquement toute l'organisation et ce qui s'est passé. Par contre, mauvaise nouvelle, le jeune Erwan est décédé, accidentellement. Nous vous expliquerons les circonstances. Son corps doit être lesté au large, du côté où le scooter a été retrouvé.

— Quel dommage pour ce jeune ! J'imagine la peine que vont éprouver sa mère et ses proches... Bon, je vois avec le juge pour que la gendarmerie maritime missionne un groupe de plongeurs. Il faudrait qu'ils puissent aller sur les lieux indiqués par le patron pêcheur qui a repêché le scooter. C'est du bon boulot, c'est vraiment un gros coup, bravo les gars ! rajouta le patron, la voix cassée par la peine que lui causait la fin tragique d'Erwan.

François pensait à la mère du jeune homme. Phil à Kevin. Que de peine, que de vies gâchées... Très remontés, ils décidèrent de venir tous les deux secouer Charles Le Kerbrouzic.

Surprise ! Un avocat parisien les attendait. Comment avait-il fait pour être déjà là ? Le mystère demeurait. Visiblement, il ne cachait pas ses sympathies pour son client, prenant tout de suite de haut Phil et François. Il attaqua :

— J'ai l'impression qu'ici vous voulez faire beaucoup de bruit pour rien, c'est vrai que nous sommes en province ! Enfin ! Que reproche-t-on exactement à mon client ?

— Toute une série d'accusations qui vont de sa responsabilité dans les agissements d'un groupe de combat avec détention et transports d'armes de première et quatrième catégorie à l'incitation à la haine en passant par la manipulation et l'utilisation de documents révisionnistes et j'en passe ! Disons, et vous le savez mieux que nous, au minimum une peine de cinq ans de prison et soixante quinze mille euros d'amende rien que pour ce que je viens de citer.

— N'importe quoi ! Vous dites n'importe quoi ! Les idées de mon client sont peut-être contestables, mais mon client est chasseur ! On lui reproche la détention illégale d'armes ? Dans ce cas, il faudrait poursuivre tous les chasseurs ! Et les parties de paint ball en forêt ne sont pas un délit, il me semble ! Il n'y a pas trouble de l'ordre public et posséder des écrits, même révisionnistes, ne constitue pas un délit à partir du moment où ils ne sont pas diffusés, que je sache ! Quant à l'accusation d'organisateur d'un groupe de combat, cela me semble ahurissant ! Tout est exagéré, nous sommes visiblement en présence d'un gigantesque complot !

Phil et François constataient, une fois de plus, que, comme toujours dans ce genre de situation, les têtes de réseau savaient s'entourer d'hommes de loi qui utilisaient toutes les ficelles possibles pour limiter le chef d'accusation concernant leur client, quitte à faire payer les lampistes. Plus les affaires étaient louches et plus les avocats étaient virulents. Visiblement, celui-ci n'échappait pas à la règle. À tel point que François trouvait qu'il commençait à lui échauffer les oreilles. Il lui assena le coup de grâce.

— Arrêtez, Maître ! Votre client est aussi interpellé pour séquestration et complicité d'assassinat ! Cette fois, il y a mort d'homme, alors, s'il vous plaît, arrêtez votre cinéma ! Et, bien que nous soyons en province comme vous dites, votre client n'est pas près de s'en sortir, fini de jouer ou de tenter les effets de manches !

L'avocat fut stoppé net dans son élan. Phil jouissait de le voir passer par toutes les couleurs. Ils pouvaient désormais reprendre l'interrogatoire de Charles Le Kerbrouzic. Phil et François s'installèrent dans le bureau où attendait celui-ci. Afin d'éviter de jouer au jeu des questions et des réponses et de lui donner le loisir de se lancer dans ses sempiternelles diatribes, les officiers de police judiciaire rapportèrent les faits contenus dans les différentes dépositions avec une précision et une clarté qui ne laissaient pas beaucoup de place à l'interprétation ni à la déformation des propos.

Contre toute attente, Charles Le Kerbrouzic joua profil bas et minimisa seulement ici ou là le niveau de ses responsabilités ou de son implication. Tard dans la nuit, il signa sa déposition.

ÉPILOGUE

Lundi 17 mai.

Dès le dimanche dans la journée, le corps du jeune Erwan avait été repêché non loin du lieu où avait été découvert le scooter.

Le médecin légiste avait confirmé la mort accidentelle dès le lundi matin. Les marques, mal dissimulées sur le fourgon repeint, conservaient les traces du choc avec le scooter.

Jérémy était définitivement sorti d'affaire à l'hôpital Laënnec. Il pouvait quitter les soins intensifs pour rejoindre une chambre de convalescence.

La garde à vue s'était transformée en mise en examen pour Charles Le Kerbrouzic, le tenancier de la taverne Sainte Hermine, le skinhead et son copain, Marco.

L'épouse de Charles Le Kerbrouzic et une quinzaine de jeunes avaient été remis en liberté et placés sous contrôle judiciaire.

Les journaux titraient : « *Conclusion tragique de la disparition d'Erwan, un groupuscule néonazi armé démantelé…* ». Les journaux, les radios et les télévisions reprenant ensuite, à leur manière et dans le détail, cette affaire.

Phil et François, amers, contrariés et peinés par l'issue de cette enquête, bouclaient les derniers procès-verbaux. Ils décidèrent d'assister aux obsèques d'Erwan, Phil se promettant de soutenir Kevin lors de cette épreuve…

Demain serait un autre jour, la vie continuait. Le répit serait, comme d'habitude, de courte durée…

FIN